지은이
아사쿠라 가스미, 나카지마 다이코, 다키나미 유카리, 히라마쓰 요코, 무로이 시게루, 나카노 미도리, 니시 가나코, 야마자키 나오코라, 미우라 시온, 다이도 다마키, 가쿠타 미쓰요

옮긴이 염혜은
숙명여자대학교 경제학과를 졸업 후 동국대학교 대학원에서 저패니메이션을 전공했다. 현재는 일본어 전문 번역가로 활동 중이며, 역서로는 《오늘도 잘 먹었습니다》 《저녁 7시, 나의 집밥》 《핀란드처럼》 《나무를 진찰하는 여자의 속삭임》 《101명의 화가》 등이 있다.

그린이 이나영 étoffe
대학교에서 동양화를 전공하고, 졸업 후 일러스트레이터로 활동 중이다. 생활 속에서 보고, 듣고, 맛보고, 느낀 것들을 종이 위에 옮기기 좋아해서 평소 주변을 많이 관찰한다.

이 도서의 국립중앙도서관 출판시도서목록(CIP)은 서지정보유통지원시스템 홈페이지(http://seoji.nl.go.kr)와 국가자료공동목록시스템(http://www.nl.go.kr/kolisnet)에서 이용하실 수 있습니다.(CIP제어번호: CIP2014020787)

취중만담

글 좀 쓰는 언니들의 술 이야기

designhouse

차례

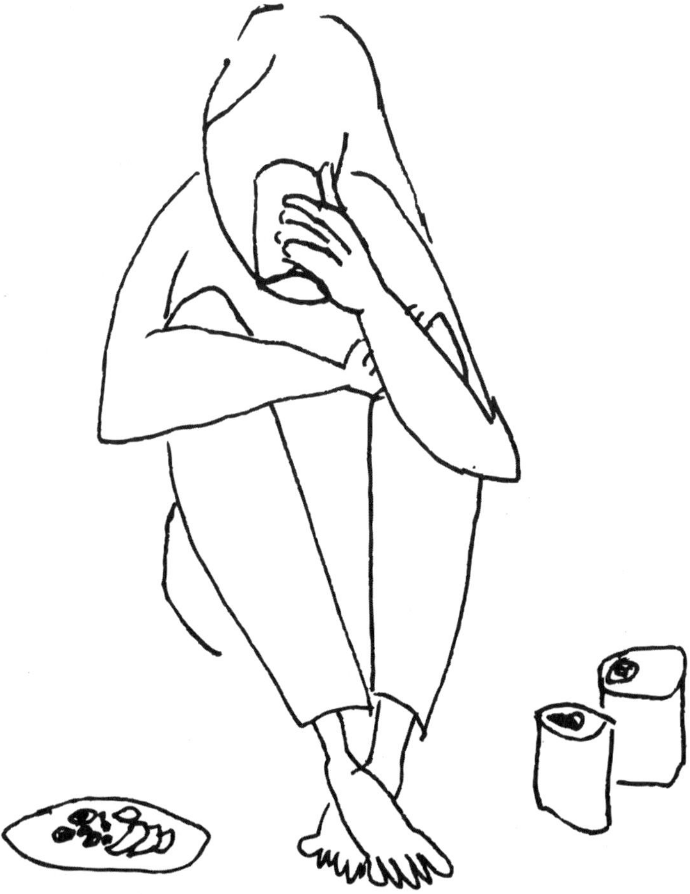

무리

아사쿠라 가스미 朝倉かすみ

1960년 홋카이도 출생. 2003년 <고마도리 씨 이야기>로 홋카이도 신문 문학상, 2004년 <애가 타다>로 소설현대 신인상, 2009년 《다무라는 아직인가》로 요시카와 에이지 문학신인상을 수상했다. 저서로 《달리 누가 있나》《나쓰메가의 길》《벽창호에다 멍텅구리》《행복한 날들이 있습니다》《조금만, 친구들》 등이 있다.

내가 어렸을 적 내 부모님은 한때《스파르타 교육, 강한 아이로 만드는 책》이라든가,《여자아이의 예의범절, 다정한 아이로 키우는 책》에 빠져 있었다.
전자는 이시하라 신타로, 후자는 하마오 미노루의 저서이다. 둘 다 당시의 최고 베스트셀러였음은 물론이다. 왜냐하면 우리 부모님이 구입하는 책은 베스트셀러 아니면 아쿠타가와상 수상작뿐이었으니까.
부모님이라고 쓰긴 했지만 사실 책을 읽었던 건 엄마 교코뿐이다. 교코의 독서에서 특징적인 면이라면 자신의 마음속을 건드린 부분을 아이들에게 읽어 준다는 것이었다. 그녀는 열심히 놀고 있는 우리를 "이리로 와 보렴" 하고 손짓으로 불러 소파에 앉히고는 마음에 드는 글귀를 읽어 주곤 했다. 교코는 마치 모나리자처럼 몸을 비스듬히 틀고서 악센트를 넣어 가며 책을 읽었다.
소파에 앉은 나는 팔자 모양으로 모여 있는 발의 엄지발가락을 떼었다 붙였다, 멜빵 치마의 끈을 손으로 튕겼다 놓았다, 혹은 입을 오므려 윗입술을 코에 붙이려고 애쓰면서 일단은 듣는 시늉을 했다.
그런 식이었으니 어떤 책의 내용도 거의 기억에 남아 있지 않은 건 당연하다. 이시하라, 하마오의 책을 굉장히 여러 번 읽어 주었다는 것만 기억할 뿐이다. 교코가 열심히 읽고 있는 것이 교육에 관한 책이라는 것 정도는 알았지만, 나는 당시에도 '엄마는 우리를 참 귀찮게도 하는구나' 하고 생각했던 것 같다.

교코는 이 두 권의 자녀 교육서로부터 엄청나게 영향을 받기 시작했다. 이시하라와 하마오, 두 사람 모두 교코의 눈에는 이른바 '훌륭한 사람'이었고, 교코는 '훌륭한 사람'에게 상당히 약했다.

덧붙이자면 교코가 '훌륭한 사람'이라고 인정하는 부류는 좋은 대학을 나오고 어느 정도의 지위에 올라 있으며, 교코가 '바로 그거야!' 하고 무릎을 탁 치고 싶은 것들을 이해하기 쉬운 말로 설명해 주는 사람들이다.

거기에 하나 더 덧붙이자면 교코가 '바로 그거라니까!' 하고 무릎을 치고 싶어질 때는, 자신이 전부터 생각하던 것과 똑같은 내용을 거침없이 말해 주거나, 처음으로 알게 된 것이지만 자신이 전부터 생각하고 있었다고 착각하게끔 만드는 의견과 만났을 때이다.

아무래도 그때부터 교코는 '스파르타식'으로 '요조숙녀'를 키워 내야겠다고 의지를 굳혔던 것 같다. 스파르타식이라면 그전에도 어느 정도는 착실하게 실천되고 있었다. 하지만 사실 스파르타식이라 해도 예의범절을 지키지 않는 아이의 머리에 꿀밤을 먹이는 정도였으니 그다지 대단한 것은 아니었다. 1960년대라는 시대를 감안하면 아마 극히 평범한 범주였을 것이다. 그래도 내게는 굉장히 공포스러웠다. 특히 부모님이 "열을 셀 때까지 제대로 안 하면 꿀밤 먹을 줄 알아!" 이러면서 주먹을 쥐고 "하아" 입김을 불어 넣은 후, "하나, 둘!" 하고 천천히 숫자를 셀 때가 가장 무서웠다. 그 말이 떨어지기가 무섭게 서둘러 장난감을 정리했음은 물론이다.

거기에 새롭게 도입된 것이 오래전 황태자의 시종이 쓴 저서에 의해 환기된 요조숙녀(야마토 나데시코)의 개념이었다. 교코는 오래전부터 딸을 요조숙녀로 만들고 싶었던 것이다.

내가 상상하기에 교코가 생각하는 요조숙녀의 이미지란 '어느 좋은 집안의 아가씨'이다. 청초하고 천진난만하고 예의 바르고 품위가 있으며 챙이 넓은 모자와 하얀 원피스가 잘 어울리고, 또 길에서 만나면 '안녕하신지요?' 하고 미소를 지으며 조신하게 인사하는, 뭐 대충 그런 느낌의 여자아이를 이상적으로 여겼던 것 같다.

하지만 유감스럽게도 우리 집은 당시에 벽돌을 파는

벽돌 가게를 하고 있었고, 벽돌공이었던 아버지 가쓰히데는 홋카이도 도난 출신으로 사투리가 심해서, 교코가 뭐라고 말해도 "그딴 거 해 봤자 소용없당께" 이러면서 러닝셔츠 밑으로 손을 넣어 배를 북북 긁는다거나 '노란 버찌' 같은 노래를 콧노래로 흥얼거리는 촌스러운 시골 남자였다. 그런 가쓰히데가 딸을 좋은 집안의 아가씨처럼 만들겠다는 교코의 계획에 찬성하고 협력해 줄 가능성은 극히 낮다.

하지만 가쓰히데와 교코에게는 '성실함'이라는 공통점이 있었다.

둘 다 '불량'한 것을 굉장히 싫어했던 것이다.

따라서 약간이라도 불량해 보이는 것을 참지 못했고, 여자가 밤늦게까지 밖에 돌아다니거나, 가벼운 마음으로 이성과 교제를 하거나, 담배를 피우거나, 술을 마셔 해롱해롱하는 것을 맹렬하게 비난했다. 그런 여자에 대한 이야기를 들으면 "말세로군" 혹은 "그 부모 얼굴을 한번 보고 싶네"라고 말하면서 마치 음식물 쓰레기 냄새라도 맡은 것처럼 얼굴을 심하게 찡그렸다.

부모님은 또한 칠칠치 못한 여자, 즉 깔끔하지 못하거나 야무지지 못하거나 얌전하지 못한 여자도 싫어했다. 그 점은 특히 교코가 더 심했다. 즉 교코가 '칠칠치 못하다'고 생각하는 행위는 '불량'한 것보다 훨씬 더 나쁜 범주에 속했다. 원래부터 교코는 꼼꼼한 성격이다. 종이접기를 할 때도 각과 각을 정확하게 맞추지 못하면 '야무지지 못하다'고 언성을 높였다. 그러면서 '이렇게 엉망으로 접는 건 마음이 흐트러졌다는 증거'라며 정신 자세를 들먹이기 일쑤였다.

하지만 점점 나는 '불량'하거나 '깔끔하지 못하다'는 말이 어울리는 아이가 되어 갔다. 두 가지 모두 우리 부모님이 '구역질 날 정도로' 싫어하는 것들이었다.

'구역질 날 정도로 싫다'는 말은 '생리적으로 무리'라는 말과 같다. '생리적으로 무리'인 것을 접했을 때, 대부분의 사람들은 노골적인 혐오의 표정을 폭포수처럼 분출한다. 비록 그 대상이 자기 자식이어도 우리 부모님은 그 태도를 감추지 않았다. 절대 참지 않으셨다.

나는 부모님이 뱉어 낸 그 폭포수를 맞는 게 가장 무서웠다.

부모님은 평소에는 굉장히 온화하고 다정하고 재미있는 말도 많이 하고, 또 한 번 정도는 불량하거나 이상한 말을 해도 "너 참 재미있는 말을 하는구나" 하면서 웃어 주는 등(집요하게 하면 머리통을 얻어맞지만) 대체로 굉장히 너그러운 편이었지만, 한번 참을 수 없는 일이 생기면 그때는 정말 어마어마하게 무서워지는 타입이었다.

이시하라와 하마오의 교육서에 대한 우리 부모님의 맹신은 한때의 경향으로 막을 내렸지만 '불량', '깔끔하지 못함'에 대한 규탄은 언제까지나 계속되었다.
다만 불량함에 대한 비난은 상대적으로 강도가 좀 약했다. 싫긴 싫지만 어차피 남의 이야기라고 생각하셨던 것 같다. 적어도 자신의 아이들이 그런 걱정을 안길 거라고는 애당초 생각조차 하지 않았던 거다. 사실 나도 남동생도 부모님의 피를 이어받아 성실한 쪽이긴 했다.
하지만 깔끔하지 못하다는 면에서, 나는 항상 교코의 비난을 폭포수처럼 뒤집어썼다. 부모님의 비난을 그렇게 무서워하면서도 나는 결코 방 정리를 하지 않았던 것이다. 물건을 내놓았다가 다시 넣어 두는 일이 그렇게도 귀찮을 수가 없었다. 처음에 제대로 정리해 놓지 않으면 점점 더 귀찮아지는 사태에 이른다는 걸 뻔히 알면서도.
중학생이 된 나는 우리 부모님이 그다지 대단한 사람이 아닐지도 모른다는 생각을 하기 시작했다. 이를테면 나는 밥그릇의 위치를 기억한 고양이가 그것에만 가치를 두는 듯한 인상을 부모님에게 갖기 시작했다. 밥그릇이 놓인 장소를 기억하는 것에만 혼신을 다해 봤자 그게 뭐. 게다가 교코는 폭포수를 너무 과다하게 내뿜었다. 나는 교코를 '냉정함이 모자라는 사람'으로 여기고 관찰하게 되었다.

그래도 무섭기는 마찬가지였다. 하지만 예전처럼 마냥 무서워하지는 않게 되었다. '내가 어른이 되면 다른 사람을 이렇게 무섭게 하는 사람은 절대 되지 말아야지.' 그런 생각을 갖게 되었던 것이다.

깔끔하지 못하다는 것에 관해 부모님은 내게 굉장히 엄했지만 남동생에게는 물렀다. 깔끔하지 못한 여자는 절대 안 되지만 남자는 그렇지도 않은 모양이어서 그 부분도 좀 언짢았다. '여자가 말이야'라든가 '여자인 주제에' 같은 말을 듣는 게 나는 정말 싫었다. 방이 지저분한 일에는 남녀를 구별할 필요가 없다. 왜냐하면 방을 안 치우는 이유는 남자건 여자건 다 똑같기 때문이다. 귀찮아서 안 치우는 거니까.

결국 나는 뼛속부터 깔끔하지 못한 사람일지도 모른다. 하지만 깔끔하지 못한 게 다른 사람을 무섭게 하는 것보다는 낫지 않나?

남동생은 (남자인데도) 나보다 훨씬 깔끔하고 꼼꼼한 성격이었다. 하지만 동생이 고등학생이 되면서 우리 집에 '불량'의 기운을 들여오기 시작했다. 머리에 파마를 하고 오토바이를 타는 정도였지만, 동네에서는 이미 폭주족이라고 소문이 났다.

우리 집에서는 이런 주위의 소문을 웃어넘겼지만, 나는 부모님이 동생의 장발과 오토바이를 봐주는 것이 너무 신기했다. 꾸짖기는커녕 오히려 재미있어하는 것 같았다. 동생이 취직을 한 후 집 안으로 음주와 담배와 도박(파친코)과 외박을 한꺼번에 들여왔을 때도, 뭐 재미있어하는 것까지는 아니었지만 부모님은 극히 자연스럽게 받아들였다. 나는 그런 부모님의 행동을 도저히 이해할 수가 없었다.

그런 일이 있기 전, 내가 전문대학에 입학하고 2개월 정도 지났을 때의 일이다.

나는 태어나서 처음으로 친구들과 술을 마시러 갔다. 술이란 걸 마신 것도 처음이었다. 우리 집에는 술을 마시는 사람이 없었다. 그때까지 설날에 찾아오는 친척들 말고는 술 마시는 사람을 본 적도 없었다.

조금도 맛있다는 생각이 들지 않았다. 그래도 물에 타 희석한 위스키를 시간을 들여 결국 한 잔 다 마셨다.

맥주도 시험해 봤지만 그건 전혀 마실 수가 없었다.

함께 갔던 친구들은 이미 주당들이었다. 처음에 들어간 술집에서 맥주를 꿀꺽꿀꺽꿀꺽 마시나 싶더니, 바로 커다란 피처 잔이 '탁!' 하고 테이블에 놓이자 '캬아!' 하고 추임새를 넣어 가며 순식간에 들이켰다. 아무튼 끊임없이 마셔 댔다. 그 후에는 온더록스로 위스키 한 병을 비웠고, 2차로 간 스낵바에서는 맡겨 놓았던 양주를 꺼내 마셨다.

친구들은 그 스낵바의 단골이었다. '나랑 똑같이 얼마 전에 고등학교를 졸업했을 텐데, 어느새?' 이런 의구심이 머릿속을 스쳐 지나갔지만, 단골은 단골인 모양이다. 20대 중반쯤으로 보이는 젊은 주인도 그녀들을 친한 손님으로 대해 주었다.

"저희가 또 미성년자 손님을 데려왔어요!" 이러면서 내 친구들이 다리가 긴 스툴에 걸터앉자, 주인은 "뭐, 또? 나쁜 거 너무 많이 가르치지 마!" 하면서 물티슈를 건넨다.

처음으로 마셔 본 술과 스낵바의 독특한 분위기에 몽롱해진 나는 즐겁다는 생각을 했다. 처음으로 알게 된 '즐거움'이었다. 같이 갔던 친구들은 잔이 거듭될 때마다 지금까지 한 번도 본 적 없는 대단한 활기를 계속해서 보여 줬고, 엄청나게 웃었고, 때로는 인생에 대해 진지한 의견도 말해 줬다. 그래서 나는 뭐랄까, 지금 우리는 이른바 '배를 갈라 속내를 털어놓고 있다'는 기묘한 고양감에 푹 빠져 있었다.

물론 나는 물에 탄 위스키를 할짝대며 먹는 수준이었지만, 그래도 볼이 뜨거워졌다는 것은 알았고 평소에 항상 머릿속 중심을 지키고 있던 딱딱한 기둥 같은 게 흐물흐물해진 것 같은 기분도 느꼈다. 몸도 흐물흐물해진 것 같았다. 서서히 이런저런 것들이 아무래도 상관없어지는 순간을 경험했다. 당시에 힘들었던 일들이나 불만, 열등감 등이 별것 아닌 듯 생각되면서, 그것들을 번쩍 들어 올려 우주로 날려 버릴 수가 있었다. 마음이 한결 가벼워졌다. 막차를 놓쳐도 별로 신경이 쓰이지 않았다. 술을 먹는다는 죄책감—처마에 달린 가장 두꺼운 고드름 같은—이 녹아내려서 방울방울 물방울로 떨어지는 그런 상태였으니 신경이 쓰였을 리가 없다.

나는 아침 5시가 넘을 때까지 스낵바에 머물렀다. 첫 버스를 타고 집에 돌아와서는 한숨도 자지 않고 나를 기다리고 있던 부모님으로부터 엄중한 주의를 받고 또 받았다. 늦게 올 경우에는 반드시 연락을 할 것, 아무리 늦어도 날이 바뀌기 전에는 들어올 것. 나는 부모님께 그 두 가지를 약속해야 했다.

부모님은 나를 혼내지 않았다. 말하자면 폭포수가 쏟아지지 않았다. 얌전하지 못하다거나 불량하다거나 하는 말도 하지 않았다. 하지만 나는 내가 굉장히 잘못했다는 것을 느꼈다. 한마디로 말해 내 가슴은 죄송스러운 마음으로 가득 찼다.

나를 신뢰하고 있는 부모님에 대한 미안함과 걱정을 끼쳤다는 죄송스러운 마음, '얌전하지 못한' 행위를 하면서도 술을 마실 때는 전혀 신경 쓰지 못하고, 아니 신경을 쓰기는커녕 굉장히 즐겁게 지냈다는 죄책감 등등.

그런데 남동생은 달랐다. 동생은 외박을 하고 들어와도 조금도 미안해하지 않는 모습이었고, 부모님 역시 동생이 들어오지 않아도 주무시지 않고 기다리거나 하는 일은 없었다. 그 건에 관해서 부모님은 동생에게 주의조차 주지 않는 것 같았다. 남자니까? 아니, 어쩌면 동생은 부모님에게 오늘 밤은 친구 집에서 자고 간다고 사전에 말해 놓았던 건지도 모른다. 잘은 모르겠으나 동생은 그런 면에서는 굉장히 꼼꼼했다. 적어도 나처럼 그때그때의 기분으로 집에 들어가지 않거나 하는 일은 없었던 것 같다.

그에 비해 나는 기분파였다. 기분에 따라 행동하는 면이 다분했다. 초등학교 저학년일 때는 여름에 '덥다'는 이유로 내 맘대로 중간에 학교에서 돌아왔고, 겨울에는 '춥다'는 이유로 또 학교를 멋대로 조퇴했다. 부모님께는 비밀이지만, NHK 아침 연속극을 보고 싶은 나머지 학교로 가던 도중에 창 너머로 TV가 들여다보이는 집 창밖에 서서 오전 8시 30분에는 학교에 도착하지 않으면 안 되는데도 그 시간까지 TV를 훔쳐보았던 적도 있다. 나는 어릴 때부터 이렇게 좀 제멋대로인 구석이 있었다.

하지만 음주와 외박밖에 하지 않았던 나와 비교하면, 동생은 담배도 피우고 파친코까지 한다. 그런데도 그냥 내버려 두는 건 좀 이상하다. 게다가 동생은 집에서도 부모님 앞에서 당당하게 맥주를 벌컥벌컥 마시고 담배를 피우고 파친코 이야기까지 한다!

물론 아빠 가쓰히데도 담배를 피우긴 한다. 하지만 가쓰히데는 남자 어른이다. 내가 알고 있는 부모님이라면 '부모와 같이 사는 집에서 건방지게 어디 담배를!' 하고 호통을 칠 만도 한데, 아빠는 아무 말도 하지 않는다. 아니, 그 정도가 아니다. 남동생은 아빠와 서로 담배를 빌리기도 하고 맞담배를 피우기까지 했다. 게

다가 가쓰히데는 술도 못 마시는데, 동생은 집에서 맥주까지 아무렇지도 않게 마신다. 밖에서 아주 조금이라면 몰라도 집에서는 결단코, 절대 술을 마시지 않는 교코는 집 안에서 술을 마시는 광경이 눈에 들어오자 처음에는 얼굴을 찡그렸다. 그러나 얼마 지나지 않아 오히려 남동생에게 부탁을 받으면 두 번째 맥주병을 냉장고에서 꺼내 건네주게끔 되었다! 파친코도 마찬가지다. "너무 많이 하면 못쓴다"라고 말하기는 했지만 그건 그냥 형식적으로 '일단은 말해 두는' 정도였다.

'남자니까'라는 이유도 있었을지 모르지만, 만화책을 사기 위해 부모님 지갑에서 돈을 꺼내 가거나 잘 아는 단골 상점에 가서 부모님 허락도 받지 않고 "외상으로 달아 두세요" 하고 말했던 과거가 있는 나에 비하면, 아마도 동생은 그 한도를 넘은 짓거리는 하지 않았던 것 같기도 하다.

어쩌면 내가 '여자'이기 때문에 불량하거나 깔끔하지 못한 것에 대해 특히 엄했다거나 걱정을 했던 게 아니라, 다름 아닌 '나'라서 부모님은 그렇게 하지 않을 수 없었던 건지도 모르겠다.

그래도 약간은 '여자니까'라는 이유도 있지 않았을까?

교코가 나를 '어느 좋은 집안의 아가씨' 비슷하게 만들고 싶었던 것만은 틀림없다. 하지만 그런 아가씨라면 정말 우리 집에서 일어나는 불량한 행동이나 깔끔하지 못한 짓은 절대 하지 않을까? 나는 그렇지는 않을 거라고 본다. 어쩌면 반대로, 오히려 '어느 좋은 집안의 아가씨'이기 때문에 일반 서민으로서는 상상도 하지 못할 만큼 더 놀랍고도 불량스러운 행위에 빠지는 일도 있지 않을까? 뭐, 나도 잘은 모르지만.

교코가 머릿속으로 그리는 '어느 좋은 집안의 아가씨'는 그러니까 어디까지나 교코가 만들어 낸 상상의 이미지에 불과하다. 그런데 여기서 성가신 것은 그 진부하기 짝이 없는 이미지를 나 역시 일종의 이상형으로 공유하고 있었다는 사실이다.

나도 가능하기만 하다면 '어느 좋은 집안의 아가씨'처럼 되고 싶었다. 아마 교코로부터 계속 주입받지 않았다 해도 그랬을 것이다. 하지만 용모나 성격, 목소리, 타고난 나의 분위기는 그와는 전혀 동떨어진 것이었다. 내가 아무리 아가씨처럼 행동해도 전혀 그림이 되지도 않을뿐더러 어울리지도 않는다. 오히려 우스울 것이다. 그래서 나는 포기하는 수밖에 없었다.

나이를 먹어 감에 따라 술은 남들만큼 마실 수 있게 되었다. 술을 마시러 가면 언제나 그 자리가 굉장히 길어져 버린다. 왜냐하면 술을 마시면 고민하던 일이나 불만이나 열등감을 저 우주 멀리 휙 던져 버릴 수 있기 때문이다. 너무 행복해서 이런 즐거운 시간이 영원히 계속되면 좋겠다는 어린애 같은 생각에 끊임없이 빠져 버리기 때문이다.

밤을 새우고 다음 날 아침에 들어가는 횟수는 이전보다 줄었지만 지금도 가끔씩은 있는 일이다. 도박은 흥미를 못 느껴서 안 하지만, 담배는 피운다. 하지만 부모님 앞에서는 피우지 않는다. 부모님 앞에서 술을 마시는 때는 설날뿐이다.

이제 방은 어떻게든 정리하게 되긴 했지만, 아직도 일이 많으면 어질러 놓은 채 치우지 못한다. 일단 일이 어느 정도 마무리되면 마구 어질러져 방치되어 있는 방을 담배를 피우며 둘러보면서 청소는 내일 해야겠다고 생각한다. 그러면서 그런 생각을 하는 것 자체가 참 '깔끔하지 못하다'는 생각이 들어 결국 엄청 찝찝한 기분이 되곤 한다. 하지만 그 기분도 잠시뿐. 맥주를 마시면 금방 '뭐, 그런 것쯤은 별거 아니잖아' 하고 생각하게 되는 것이다. 마음이 새털처럼 가벼워진다. 그 순간은 좋다. 하지만 잠깐의 취기가 금세 사라지고 나면 마시기 전보다 훨씬 더 심하게 뒤가 켕기면서 머릿속 한쪽이 저려 온다. 내가 갈수록 점점 더 '깔끔하지 못한' 여자가 되어 버리는 것 같아 두려워진다. 그래서, 다시, 술을 마신다. 방에서, 나 홀로.

하지만 발을 헛디디거나 다리가 떨려 오면, 그 순간 나는 술잔을 딱 내려놓는다. 내 정체성이 흔들릴 때까지 마시는 것은 생리적으로 무리다. 희한하게도 그렇게까지 마시는 것만은 불가능하다.

술 못 하는 사람의 고민

나카지마 다이코 中島たい子

1969년 도쿄 출생. 다마미술대학을 졸업하고 방송작가, 각본가로 활동하다가 2004년 《그 여자, 31살》로 스바루문학상을 수상했다. 저서로는 《슬슬 온다》 《이 사람이랑 결혼할지도》 《해피초이스》 《지어도 돼?》 《빙글빙글 칠복신》 《LOVE & SYSTEMS》가 있다.

술 마시러 갈 때마다 고민이 되는 것들을 일일이 열거하자면 끝이 없을 것이다. 건강, 행동, 돈. 이렇게 세 개만 꼽아도 머리를 싸매고 드러누워야 할 정도로 골치 아프니까. 하지만 보통 사람들은 일반적으로 술을 못 하는 사람의 고민에 대해서는 그다지 생각을 안 하는 것 같다. 아니, 아예 상상이 안 가는 모양이다. 게다가 똑같이 술을 못 하는 사람끼리도 그 고민들은 미묘하게 달라서 서로 눈치채지 못하는 것들도 있다. 그래서 나는 이 기회를 빌려 술 못 하는 사람의 고민에 대해 글로 써 보려 한다.

나는 술 못 하는 사람 중 하나라서 무리를 해 봤자 고작 맥주 두 잔 정도밖에 내 몸에 알코올을 집어넣지 못한다. 그 이상 마시면 온몸이 맹렬하게 가려워지고, 다른 사람 목소리 같은 건 잘 들리지 않을 정도로 심한 이명이 오면서, 급기야는 생명의 위협을 느낄 만큼 심장이 요동치며 벌렁거린다. 그런 이유로 술자리에서는 의례적으로 예의상 살짝 컵에 입만 대고 그 뒤에는 다른 사람이 술 마시는 모습을 구경한다.

"술 못 마셔요? 아이고, 미안해라. 우리끼리만 마셔서."

술을 마시는 인간은 내가 술을 못 마시는 걸 알게 되는 순간 보통 이런 말들을 해 준다. 하지만 마시지 못

하는 측의 입장에서 보면, 왜 사과를 받는지 그 의미를 솔직히 알 수가 없다. 술을 못 마신다는 것은 술이 어느 정도로 좋은지 전혀 알지 못한다는 얘기나 마찬가지이므로, 당연히 술 마시는 게 부럽지도 않고 자신들이 불쌍하다고 느끼지도 않기 때문이다. 하지만 술을 마시는 사람들 입장에서 '술'이란 이 세상에서 가장 놀랍고 대단한 무엇이기 때문에, 이것을 마시지 못하는 인간은 불행하기 짝이 없다고 철석같이 믿고는 그 믿음을 추호도 의심하지 않는 것 같다. 멋대로 그것을 이 세상의 상식으로 여기고 있는 그 오만함이, 내 입장에서는 조금 우습다. 그건 갑각류 알레르기가 있는 사람에게 "너, 게 못 먹지? 이렇게 맛있는데 불쌍하게도!" 이렇게 말하는 것과도 비슷한데, 술은 게보다 더 당연하고도 당당하게 뻐기면서 세상 여기저기에 존재하고 있으므로 좀 성가시다.

여담이지만, 이처럼 이 세상에서 잘난 척하는 물건이나 경향들은 물론 술 말고도 얼마든지 있다. 나의 유일한 기호품이었던 커피도 언젠가부터 역시 심장이 너무 뛰어서 마시지 못하게 되어 버렸는데, 그러고 나서부터 나는 모임 자리나 방문처 등에서 아무것도 묻지 않고 당연하다는 듯이 커피를 내온다는 사실을 새삼스럽게 인식할 수 있었다. 커피도 술과 마찬가지로 어느새 일본 전역을 점거해 버린 음료라는 것을 절실히 실감하게 된 순간이었다.

그처럼 일본 전역에서 술이 있는 장소는 대다수 사람들의 맹렬한 지지를 받는다는 이유로, 인간관계를 돈독하게 만드는 중요한 커뮤니케이션의 장으로 활용되고 있다. 영업에도 이용되고, 이성과의 만남도 이런 술자리에서 잉태될 확률이 높다. 술을 못 마신다는 이유로 그 자리를 피한다면 결과적으로 엄청난 손해를 보게 된다. 그리하여 술을 못 하는 사람이 반드시 말해야 하는 문구가 탄생했던 것이다. '술은 못 하지만 술자리 분위기는 아주 좋아하니까 꼭 불러 주세요.'

정말로 '아주 좋아하는지'는 확실하지 않지만 나만 쏙 빼놓는 건 싫으니까 술처럼 거푸 마실 수도 없는 차가운 우롱차 한 잔을 홀짝이면서 '머릿수로 나눠서 계산하는 건 정말 손해야'라는 생각에, 적어도 음식이라도 제대로 먹으려고 젓가락을 열심히 놀리게 되는 것이다. 그런 의미에서 생각하면, 술자리에서 술 마시는 다른 사람들에게 사과를 받는 건 적절할지도 모르겠다.

그렇다고 해서 술자리에 참여해 똑같이 돈을 내는 건 술 못 마시는 사람에게는 손해라는 매우 일차적인 고민을 이제 와 여기서 토로할 생각은 없다. 그것보다도 훨씬 더 고민스러운, 술 못 하는 사람의 심각한 문제는 따로 있기 때문이다. 그것은 바로 취한 상대를 어떻게 대하는가 하는 부분이다.

"수고하셨습니다."

그렇게 챙, 챙, 챙 잔을 부딪치는 순간까지는 모두 다 똑같은 출발 지점에 있지만, 술 마시는 그룹은 그 이후 점점 알코올을 섭취하면서 다양한 측면에서 변화해 간다. 반대로 변화하지 않는 술 못 마시는 그룹은(보통 그룹이 아니라 개인일 경우가 많지만) 그들이 멀어져 가는 것을 눈치채고 있지 않으면 큰일을 당할 수 있기 때문에, 그들을 신중하게 관찰해야만 한다. 더구나 '개인차'라는 것까지 포함되어 있기에 그 변화를 파악하기란 생각처럼 쉽지 않다. 사실 어느 시점에서 상대가 취했는가를 정확하게 예측하는 것은 거의 불가능하다. 모든 인간이 술 한 잔으로 똑같이 해롱해롱하며 취해 버린다면 세상이 얼마나 편해질까. 나는 가끔 뜬금없이 그런 상상을 하곤 한다. 하지만 현실은 다르다. 술 취하는 패턴은 훨씬 더 복잡다단하다.

예를 들어 술자리에서 술을 들이켜는 사람을 상대로 일 이야기를 하고 있는 나를 가정해 보자.

"사실 저도 굉장히 힘들게 쓴 소설이라 그런지, 제 자신이 생각해도 좀 지나친 부분이 있더라고요."

"읽었어요. 상당히 좋던데요. 좀 놀랐지만 굉장히 참신했어요. 다음 작품도 그런 방향으로 갈 건가요?"

"그건 저도 지금 고민 중이에요. 어떻게 하면 좋을지 의견을 주시면 고맙겠어요."

"근데 예쁜이!"

뭐? 예쁜이? 둔해 빠진 나는 그제야 상대의 얼굴을 뚫어지게 쳐다보게 된다. 비로소 '이 사람은 취했구나' 하고 겨우 알아채고는 진지하게 이야기하고 있던 자신이 갑자기 창피해지는 것이다. 술 마시는 동지들끼리야 똑같은 방향으로 함께 달리고 있는 셈이니, 앞서거니 뒤서거니 약간의 차이는 있어도 상대가 어느 정도로 취했는지 그런 것까지 일일이 신경 쓰지 않는다. 나중에 민망하게 남겨지는 건 술을 못 마시는 사람뿐. 이것이야말로 그 순간 아무에게도 토로하지 못하는, 술 못 마시는 사람만의 외로움이라고 말해도 좋으리라.

또한 술 마시는 사람들 중에는 이쪽이 진지한 얼굴로 자리에 앉아 있으면 배려를 한답시고 자신이 술 마시는 속도를 조금 늦추는 사람도 있다. 그러다가 흥이 깨지면 내가 오히려 미안해질 것 같아서 "신경 쓰지 마세요. 저는 분위기만으로도 취하니까 맘껏 드세요" 하고, 술 못 하는 사람이 예의상 쓰는 문구를 꺼내 말하게 된다. 그러면 대부분의 사람은 "그래요?" 하면서 정말로 신경 쓰지 않고 마시기 시작하고, 30분 정도 지나고 나면 "당신 소설 말이야, 뭐랄까, 히포포타무스(하마)?" 이딴 소리를 하고 있다.

역시 허무해지는 순간이다. 하지만 '취했구나' 하는 사인을 이렇게 '예쁜이'나 '히포포타무스' 같은 얼토당토않은 말로 표현해서 확실하게 보여 주면 이후에는 쓸데없는 이야기는 생략하고 메뉴판을 집어 들고서 배를 채울 수 있는 요리를 부지런히 주문하는 데 전념할 수 있다. 이보다 훨씬 더 성가신 경우는 취했는데도 그다지 변화가 느껴지지 않는 때이다. 아예 마지막까지 취했는지 어떤지 알 수 없는 유형도 있다. 얼핏 보면 취한 것 같지 않기 때문에 나도 '이 사람은 술이 진짜 센가 보다' 생각하고는 다시 진지하게 이야기를 해 버리고 마는데…….

"새 작품 읽었어요. 상당히 좋던데요. 좀 놀랐지만 굉장히 참신하더라고요. 다음 작품도 그런 방향으로 갈 건가요?"

"그건 저도 지금 고민 중이에요. 어떻게 하면 좋을지 의견을 주시면 고맙겠어요."

"뭐, 결국 똑같은 사람이니까, 뭘 써도 그다지 변하진 않아요."

"그렇겠네요."

"그것보다 베드신 같은 게 좀 더 나오면 낫지 않을까요?"

"그건 제 글에 섹시한 분위기가 모자란다는 뜻인가요?"

"지금은 희망이 없는 시대잖아요. 금융도 불안하고, 뭐 그런 시기니까 역시 좀 에로틱한 게 좋죠."

"에로틱한 거요……?"

그러고는 뭔가 찜찜한 마음을 품은 채 집에 돌아가서 컴퓨터 앞에 앉아 어디에 베드신을 넣을까 검토하지만, 역시 뭐가 뭔지 잘 모르겠다. 그때 갑자기 스치는 생각!

'앗, 그때 그 사람, 취했던 거였구나!'

그 사실을 깨닫는 순간, 나는 또 당시의 분위기를 읽지 못한 술 못 마시는 자의 비애를 뼈저리게 실감하며 자책하게 된다. 만일 맨정신으로 돌아온 그에게 '에로틱한 건 역시 무리예요'라고 말한다면 '그게 대체 무슨 말이죠?' 이런 답변이 돌아올 게 틀림없다.

만취했던 사람이 자신이 취중에 한 말을 어느 정도 기

억하고 있는가도, 솔직히 취해 본 적이 없기 때문에 나로서는 상상이 잘 안 간다. 이것도 개인차가 있을 거라 생각하지만, 아예 곤드레만드레 만취 상태가 되면 자신이 어떤 상태인지조차 완전히 기억에서 날아가 버리는 건 사실인 듯하다. 그걸 알게 된 건 나도 만취 상태를 체험해 봤기 때문이다. 물론 그때 만취한 건 내가 아니라 친구이다. 어느 정도로 친한 사이냐면 서너 명이서는 자주 만나지만 둘이서 만나는 일은 그다지 없는, 딱 그 정도의 친밀함을 가진 친구였다. 그전에도 A가 취해서 여러 가지 다양한 일탈 행위를 했다는 이야기는 들은 적이 있지만 실제로 본 적은 없었다.

그 사건이 일어난 밤은 대규모의 술자리가 벌어진 날이었다. 전체적으로 분위기가 굉장한 속도로 확 달아오르는 바람에 모두들 급하게 술을 마시게 된 그런 날 중 하나였다. 술을 못 마시는 사람은 보통 다음 날로 날짜가 바뀌기 전에 재빨리 술자리에서 일어나는 법인데, 그날은 타이밍을 놓쳐서 막차 시간이 아슬아슬할 때까지 술자리에 있게 되었다. '이제 그만 돌아가야지' 하고 자리에서 일어나 화장실에 갔더니, A가 화장실에 웅크리고 앉아 있었다. 대규모 술자리인 데다 A는 나와 좀 떨어진 곳에 앉아 있었기에 얼마나 마셨는지는 알 수가 없었지만 나는 "괜찮아?" 하면서 그녀의 등을 쓰다듬고 안아 주기도 했다. "고마워, 이제 괜찮아." 그녀의 말을 곧이곧대로 믿은 나는 밖에 나가서 바람을 쐬고 싶다고 하는 그녀에게 어깨를 빌려 주고 부축해서 가게 밖으로 그녀를 데리고 나갔다. 어떻게 집까지 데려가야 하나, 축 늘어져서 엄청나게 무거워진 A를 떠받치듯이 안고 고민하고 있는데, 갑자기 그녀의 구토물이 나한테 쏟아지는 게 아닌가. 취해 본 적이 없는 인간은 주위를 보지도 않고 토해 버리는 이런 행위에 절대 익숙하지 않다. 나는 너무나 놀란 나머지 그 토사물을 뒤집어쓴 불쾌함보다도, 그녀의 백지장 같은 창백한 얼굴을 보고 이 사람이 엄청 위험한 게 아닌가 불안해져서 서둘러 안에서 사람을 불러왔다. 그랬더니 그다지 심하게 취하지 않은 사람들이 그 모습을 보러 와서는, 이 정도면 괜찮다며 능숙한 솜씨로 뒤처리를 해준다. 마침 집이 같은 방향인 사람이 있어 그녀를 바래다준다고 하기에 그녀를 맡겼다. 나도 시간이 없어서 옷과 구두의 오물만 닦아 내고는 다른 친구들에게 전차 시간 때문에 간다는 말을 남기고 부랴부랴 그 자리를 떴다.

문제는 그다음 날에 일어났다. A가 일부러 우리 집에

사과를 하러 온 것이다. 그녀 자신은 전혀 기억이 안 나지만 자신이 오바이트한 토물이 내 옷이랑 구두에 묻었다는 것을 누군가에게 전해 들은 모양이다. 세탁비를 내겠다고 하기에 벌써 다 세탁했고 대단한 옷도 아니니까 괜찮다고 말해 주었다.

"미안, 많이 놀랐지?"

"A, 근데 정말 하나도 기억 안 나?"

"전혀 기억 안 나. 정신을 차리고 보니 집이던걸."

이게 바로 필름이 끊겼다는 건가? 신기한 마음에 나는 상대방의 얼굴을 물끄러미 바라봤다. 그랬더니 A는 마침 생각났다는 듯이 갖고 온 종이봉투를 내민다.

"이건 사과의 의미로 가져온 거야. 파운드케이크. 내가 직접 만들었어. 먹어."

"아, 고마워" 하고 나는 그것을 받았다. 그리고 그녀가 돌아간 후 봉투를 열었다. 파운드케이크라고 하기에는 별로 부풀어 오르지 않은 질감도 그렇고, 상당히 촉촉한 느낌의 수제 케이크. 촉촉한 느낌의……. 나는 그만 나도 모르게 "잠깐만……" 하고 중얼거렸다.

튜닉과 청바지는 빨았지만 아직 현관에는 구토물의 얼룩이 남아 있는 구두가 있다. 그녀의 구토물에 대한 기억은 아직도 생생하다. 그러니까 잠깐만, 이 케이크는…… '와, 맛있겠다!' 하고 기뻐하며 먹기에는 뭔가 좀 불편하다. 그렇지 않은가. 자신이 구토를 한 일에 대한 사과의 뜻으로 먹을거리를 가지고 오는 것도 어떤 의미로는 참 대단한 것 같다. 그것도 자신이 직접 만든 걸로…….

물론 오바이트한 인간이 만든 것이라서 더럽게 느껴진다거나 그런 건 아니지만, 아무래도 그걸 보면 그날의 일이 떠올라서 식욕이 돋는 데에는 무리가 있다. 나는 그녀의 무신경을 살짝 의심했지만, 그 순간 '기억이 안 난다'는 그녀의 말이 떠올랐다. 그렇구나. A는 오바이트를 한 것도, 나를 향해 뱉어 버린 것도 기억하지 못하니까 나에 비해 그 '실감'이란 게 없는 것뿐이다. 그렇기 때문에 태연하게 이 케이크를 구워서 가지고 온 것이다. 그렇구나. 이제야 이해가 간다. 만취한 상태에서는 뭔가 말도 안 되는 짓을 하더라도 기억도 실감도 남아 있지 않으니까, 나중에 그걸 되짚어서 죄책감을 가지는 일도 없는 거다. (자신이 무엇을 했는지 모른다는 불안감은 남겠지만 말이다.) A도 사과를 하러 오긴 했지만 촉촉하고 말랑말랑한 케이크를 가져올 정도로 실감이 없다. 그러니까 만취하면 사람들이 자신이 하고 싶은 말을 멋대로 막 내뱉거나 울거나 싸우거나 옷을 벗어

던지거나 하는 일이 가능한 건지도 모르겠다. 술을 마시지 못하는 나는 그제야 새삼스레 그런 것들을 깨달았다.

이처럼 술을 못하는 인간은 술을 잘 마시는 인간에게 언제나 놀라게 마련이다. 그리고 아무리 놀라도 아직도 이해할 수 없는 일들이 연이어 일어난다. 앞에서 말했듯이 그 사람이 '언제부터 취했는지' 알 수 없는 것처럼 '언제부터 술이 깨었는지'도 술을 못하는 사람으로서는 예측이 불가능하다. 아까까지만 해도 엄청나게 기분 좋아 보이던 상대가 어느 시점부터 갑자기 말수가 현격히 줄어들어서 '어어? 화났나? 내가 뭐 이상한 말이라도 했나?' 이렇게 걱정하고 있노라면, 조용히 손을 들고는 차를 주문하기 시작한다. 그리고 질질 흘러내리던 안경을 다시 고쳐 쓰며 진지한 얼굴로 돌아가서는 "뭐 너도 여러모로 힘들겠지만, 열심히 해. ……아, 그럼, 내일은 휴일도 아닌데 슬슬 돌아갈까?" 하고 갑자기 냉철한 말투로 변해 버리는 거다. 뭐라고? 열심히 하라고? 마치 내 이야기를 지금까지 들어 주고 있었던 것 같은 저 태도. 그쪽이 열 내면서 계속 나불대는 걸 내가 힘들게 지금까지 들어 준 거잖아! 그쪽에 맞춰 흥이 깨지지 않도록 흥분까지 해 주면서. 그런데 뭐라고? 그렇게 갑자기 모든 걸 혼자 정리해 버리면 다야? 어쩐지 나 혼자 열 내고 흥분했던 것 같은 느낌이 들어서 다시 화가 난다. 어차피 취했으면 집에 돌아갈 때까지 '우리 예쁜이!' 계속 이런 식으로 똑같이 가란 말이야! 갑자기 진지한 얼굴로 계산서를 들여다보는 상대를 보면 저절로 그런 생각이 들고 만다.

아무리 좋지 않은 행동을 저질러도 그런 예측 불가능한 행동이나 변화는 그들 본인의 성격이나 인간성의 문제가 아니라 알코올이라는 물질이 그렇게 만드는 것이라는 사실을 나도 머리로 이해는 하고 있다. 본디 알코올이란 내 심장을 죽을 만큼 뛰게 만드는 대단한 물질이니, 그 알코올이 사람들의 머릿속을 헤집으며 행동이나 기억이나 성격을 엉망진창으로 만드는 건 어쩌면 당연할지도 모른다.

또한 여기서 중요한 건, 알코올이란 것이 이 과정에서 동시에 뭐라 말할 수 없는 쾌락을 생성한다는 사실이다. 어떻게 생각하면 인간으로 태어나 그 기분을 맛보지 못한다는 건 확실히 유감스러운 일 같기도 하다. 하지만 그 쾌락이 어느 정도인지 상상할 수 없으니, 역시 그렇게까지 부럽다는 생각은 들지 않는다. 술을 못 하는 사람은 스트레스를 어떻게 해소하느냐는 질문을 주당들에게 받은 적이 있는데, 그것이야말로 참 어리석은 질문이다. 만일 다른 무엇으로는 안 되고 오직 술로만 해소할 수 있는 그런 스트레스가 있다면, 아마도 술을 못하는 인간은 그런 스트레스를 처음부터 갖지 않는 게 아닐까.

마지막으로, 데뷔했을 즈음의 이야기로 마무리를 지어 볼까 한다. 어떤 이유에선지 내 작품이 어느 문학상의 후보로 덜컥 선정된 적이 있다. 그때 나도, 주위 사람들도 '설마' 하고 생각하면서도 '어쩌면' 하고 내심 기대를 했지만, 물론 이변은 일어나지 않았다. 그리고 결과를 들은 후에 아쉬운 마음을 달래는, 이른바 '위로회'라는 이름으로 출판사 사람들과 술자리를 갖게 되었다. 나는 그 가게에 조금 늦게 도착했기 때문에 도착했을 때에는 모두들 이미 거나하게 취해 있었지만 다들 따뜻하게 맞아 주었다. 일단 맥주잔을 손에 들고 "아깝게 됐습니다"라는 말과 함께 건배를 하고, 모두가 한마디씩 위로의 말을 건네는 걸 잠자코 들었다. 여느 때 같으면 나도 맥주잔에 살짝 입을 대고 나서 안주를 조금씩 집어 먹었을 테지만, 누군가가 이러는 게 아닌가.

"맞다, 나카지마 씨, 술 못 마시죠? 뭐 마실래요? 우롱차?"

그 말을 듣는 순간, 당시에 점심도 제대로 먹지 못한 상태였던 나는 갑자기 확 열이 오르고 말았다. 뭐? 우롱차라고?

“그딴 거 안 마셔요. 밥! 밥 주세요! 쌀알이 들어 있는 밥!”

상당히 큰 소리로 이렇게 대답했더니, 술자리 분위기가 순간 서늘해졌다. 모두가 속삭이며 가게 점원을 부르더니 지금 당장 이분에게 따뜻한 밥을 가져다 달라고 부탁했다. 나는 불편한 기색을 숨기지 않은 채 다른 사람들이 먹고 있던 안주를 다 모아서 그것을 반찬 삼아 묵묵히 밥을 퍼먹었다. 밥그릇이 비자, 누군가가 마치 술잔을 채우듯이 밥을 재빨리 채워 주었다. 그 전에도 그 후로도 그때처럼 기분 좋았던 술자리는 없다.

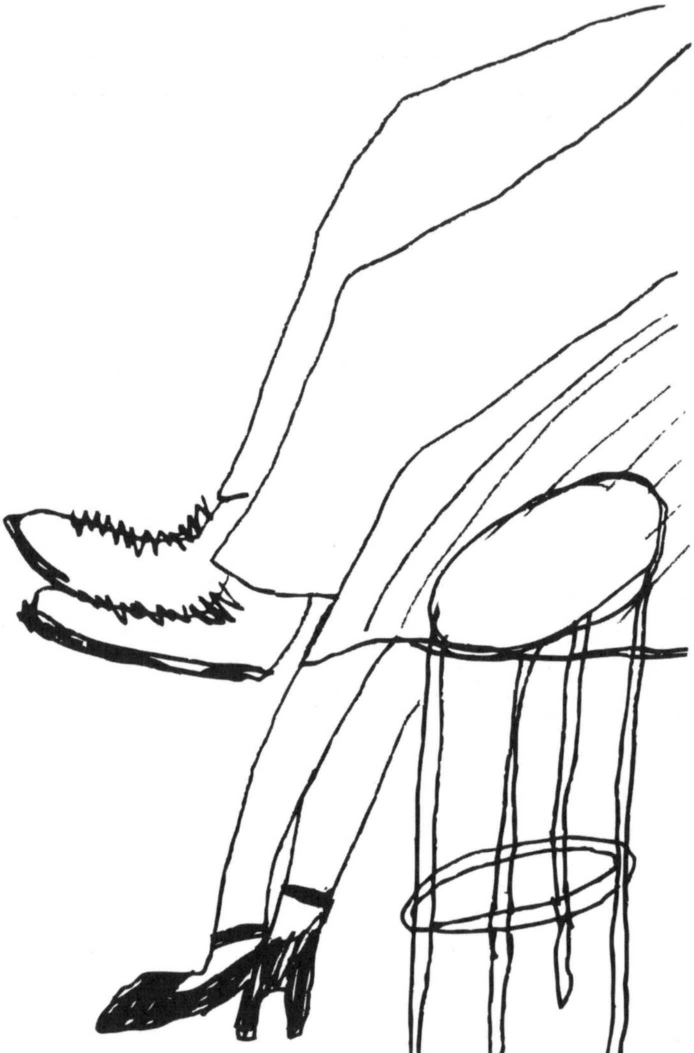

나의 첫 술자리

다키나미 유카리
瀧波ユカリ

1980년 홋카이도 출생. 만화가이자 에세이스트. 닛폰대학 예술학부 졸업 후 2004년 〈월간 애프터눈〉에 발표한 〈임사!! 에코다 짱〉으로 데뷔했으며 현재에도 연재 중이다. 이 작품은 2011년에 드라마와 애니메이션으로 제작되었다. 그 밖에 육아 에세이 《하루마사 일기》 등의 저서가 있다.

1999년 봄, 대학생이 되었다. 이른바 모든 억압에서 드디어 해방되었던 나는 '뭐든지 다 하고 말겠어' 이런 기분에 한껏 도취되어 있었다. 만화에 나오는 대학생처럼 술에 취해 울고 웃고 섹스를 해 버리고 상처를 입으면서 어른이 되는 거야! 롤플레잉 게임에서 처음에 나오는 마을을 두리번거리다가 동네 건달들을 멋지게 퇴치하는 것처럼 나의 경험치를 한껏 올려 주지!

그런 이유로 일단은 술이다. 술부터 시작하는 거야.

때마침 대학 앞마당에는 신입생을 꼬이러 나온 동아리 접수대가 한구석에 나란히 놓여 있었는데, 거기서 오늘은 '신입생 총환영회'가 있으니 공짜로 술을 마실 수 있다며 고래고래 소리를 지르고 있다. 구체적인 프로그램은 잘 모르겠지만, 아무튼 요는 즐겁게 술을 주고받는 모임이라는 거겠지. 음, 신입생 환영회라. 그곳에는 왠지 모르게 재미있는 것들이 가득 차 있을 것 같았다.

개성 있고 도회적이라는 소리를 듣고 싶어서 고르고 고른 옷을 여전히 촌스럽게 입고 있었던 나는 대체 어떤 동아리에 들어야 잘했다는 소리를 들을까, 머릿속으로 엄청나게 속물적인 계산을 하며 거만한 시선으로 물색을 시작했다. 하지만 대학 앞마당을 지나가다 보면 항상 동아리 책상들이 죽 놓여 있어서 그 범위를 좁

히기가 상당히 힘들었다. 나는 결국 '연극영화방송연구회'라는, 처음부터 아무런 범위를 정해 놓지 않은 것처럼 보이는 동아리를 선택하고 말았다. 어색하게 동아리 책상 앞을 지나갈 때마다 항상 "환영회에 꼭 오세요" 하고 말을 걸었기에 그 목소리에 압도되어 마지못해 가는 것처럼 하기로 결정했다. 그리고 서둘러 몸치장을 하고 집합시간과 장소를 확인한 다음 기대로 가슴을 부풀리며 밤을 기다렸다.

저녁 6시. 어스름한 저녁 기운이 깔린 역 앞에 모인 사람은 대략 다섯 명 정도였다. 몇백 명이나 되는 신입생 중 고작 다섯 명이라니. 처음부터 아무런 범위를 정해 놓지 않았던 게 잘못이다. 그런 애매한 콘셉트가 원인이 되어 이런 결과를 초래한 게 분명하다. 지금 바로 해산해서 연극연구회, 영화연구회, 방송연구회, 이 세 개로 분야를 나눈 다음 다시 시작하는 게 좋겠어.

아무튼 이 환영 행사를 주도한 상급생 세 명 정도의 안내를 받아 우리는 낡은 대만 요리점으로 들어갔다. 가게 안에는 커다란 공간에 많은 방석들이 준비되어 있었다. 앞으로 대규모 동아리의 환영회가 거행될 예정으로 보이는, 대충 봐도 50석이 훨씬 넘는 자리. 마찬가지로 50개가 넘는 술잔과 방석이 꽉 들어차 있다.

이 규모야말로 내가 상상했던 바로 그 신입생 환영회였다. 하지만 우리 연극영화방송연구회 신입생 환영회 군단은 그 자리를 지나쳐 가게 점원이 휴게 시간에 식사를 할 것 같은 그런 구석진 테이블을 선택해 자리에 앉았다.

그 자리를 보는 순간, 오늘 저녁에 즐거운 일이 일어날 확률이 생각했던 것보다 훨씬 더 낮을 거라는 확신에 가까운 예감이 들었다. 무를 수 있는 기회는 바로 그 때뿐이었지만 트럭에 실린 소처럼 주위 눈치를 살피느라 정신이 빠져 옳은 판단을 내릴 수가 없었다. 게다가 신입생은 남자 한 명에 여자 네 명. 나 이외의 여자 세 명은 얼굴도 복장도 얌전한, 휴일이면 자니즈 소속 연예인의 포스터가 붙어 있는 벽에 착 달라붙어 뜨개질을 할 것 같은 그런 여자애들이다. 분명히 부원들의 집요한 권유에 어쩔 수 없이 끌려왔으리라. 아니, 어쩌면 자신이 좋아하는 아이돌이 출연하는 연극이나 영화나 방송을 연구하고 싶은 걸지도 모르겠다. 그게 틀림없다.

아무튼 모인 시점부터 그 세 명은 딱 무리를 지어 있어서 내가 끼어들 틈 같은 건 전혀 없어 보였다. 어찌어찌 그 무리에 들어가더라도 절대 어울리지 못할 것이다.

그러니까 이제 여기는 뜨개질하는 여자에게 모든 것을 맡기고 아무것도 먹지 말고 이곳을 탈출해야지.

상급생 세 명이 천천히 컵을 돌리기 시작했다. 그들 역시 털실로 방문 손잡이 덮개나 뜨고 있으면 딱 어울릴 것 같은 여자 선배다. 이제 이 여섯 명이서 뜨개질 모임을 만들어 사이좋게 꾸려 나가면 딱 좋을 것 같다.

그러고 보니 신입생 접수처에는 남자부원이 꽤 있었는데, 왜 여기에는 안 온 걸까. '남자부원들은 다 어떻게 된 건가요?' 하마터면 이렇게 물을 뻔했지만 남자에 굶주린 신입생이라는 꼬리표를 달게 될지도 모른다는 공포가 내 입을 막았다. 뜨개질 선배들은 일단 다정하게 대해 줬지만 미용실에서 머리를 하기 전에 머리를 감고 다시 자리에 돌아왔을 때 다른 미용사가 '수고하셨습니다' 하고 말하는 것과 비슷한 정도여서 뭐랄까, 딱히 따뜻하게 느껴지진 않았다. 정작 나 자신은 연극영화방송연구회에 전혀 애정이 없는데도 불구하고 이 동아리의 미래가 걱정이 되어 견딜 수가 없었다.

평소에 아무 일 없이 친구들과 만나서 마시는 자리가 훨씬 더 흥겨울 만큼 참으로 열기가 부족한 건배가 끝나고 나서, 나는 작은 컵에 따라 놓은 아사히 맥주를 핥았다. 그때까지 술이란 걸 마셔 본 적은 있었지만,

그래 봤자 편의점에서 산 캔 추하이(소주에 약간의 탄산과 과즙을 넣은 일본식 칵테일 음료—옮긴이)라든가 매실주 같은 단 과일주뿐이어서, 맥주는 맛은 알고는 있지만 좋아한다고 말할 정도는 아니었다. 하지만 다른 술이 먹고 싶다고 말하면 진짜 공짜 술을 마시러 온 것처럼 보일까 봐 그런 말을 할 수는 없었다.

지금까지도 생각나는 건, 그때 방문 손잡이 덮개를 뜰 법한 여자들 중 한 명의 기술이 부족해서 맥주를 거품이 전혀 일어나지 않게 따라 주었다는 사실이다. 부드러운 거품이 풍부한 생맥주를 먹고 싶었지만 마음대로 먹을 수 있는 맥주 메뉴는 병맥주만 해당되는 모양이었다. 그렇다면 '마음대로 먹을 수 있다'는 타이틀을 붙이지 말았어야 하는 거 아닌가. 나는 선배들이 정한 불합리한 룰에 대해 강한 반발심을 느꼈다.

"넌 무슨 과야?"

이 말을 한 사람은 옆에 앉아 있던 신입생이었다. 여기에 온 다섯 명 중 유일한 남자. 바로 옆에 앉아 있었기 때문에 똑바로 쳐다보기가 그랬지만, 나한테 말을 걸었으니까 마음 놓고 그를 관찰하기 시작했다. 약간 까무잡잡한 피부에 상당히 강한 인상을 주는 눈, 매부리코, 살짝 일그러져 불손해 보이는 입, 눈썹이 전혀 안

보일 정도로 숱이 많은 곱슬머리. 여기까지 뛰어온 것도 아닌데 호흡이 '하아하아' 개처럼 거친 건 어쩐 일일까. 미소년 스타일도 아니지만 그렇다고 못생긴 것도 아니다. 아무튼 남자로서의 박력만큼은 대단한 생김새라고나 할까. 말하자면, 그 남자의 침을 삼키는 것만으로도 임신이 될 것 같은 생김새다.

"나는 사진학과."

"아, 그래?"

그는 나에게 흥미가 있는 것 같지는 않았다. 다만 옆에 누군가가 앉아 있으니 적당히 이야기를 붙여 본 것뿐. 딱 그런 느낌이다. 그 증거로 그의 시선은 점원이 계속해서 가져오는 요리에 꽂혀 있다.

"공짜니까 안 먹으면 손해야."

그렇게 말하더니 그는 거의 맥주를 입에 털어 넣다시피 하며 자신의 접시에 재빨리 요리를 담기 시작했다. 그 모습은 들개(수컷)처럼 야만적이었지만 남자답다고 생각하면야 딱히 기피해야 할 정도로 불편하게 느껴지지는 않았다. 이 남자와 계속 친교를 나눠도 좋을까. 호기심과 생리적 불안감이 뒤섞인 가운데, 나는 끊임없이 고민했다. ……그렇다면 취해 보자. 그와 이야기하는 것을 즐기지 않으면 이 신입생 환영회에 온 의미가 없다.

나는 컵에 담긴 맥주를 끝까지 쭉 들이켜고는 심호흡을 했다. 그랬더니 바로 이 모임도 어쩌면 이틀 전에 있었던 몬자야키(여러 가지 채소와 해물 등을 넣고 철판에 반죽 형태로 볶는 일본 요리—옮긴이) 모임만큼은 재미있을지도 모른다는 생각이 들기 시작했다. 좋았어. 더 마시자. 하지만 옆자리의 들개 친구도, 내 앞쪽에 앉은 뜨개질 여자애도 내 잔을 채워 줄 생각을 안 한다.

어쩔 수 없이 스스로 병을 잡고 계속 마시기 시작했다. 잔이 비기 전에 동석자가 그걸 눈치채고 따라 주는 문화가 있다는 건 술과 아직 친해지지 못한 나도 알고 있는 사실이지만, 아무리 신입생 환영회라 해도 역시 환영받지 못하는 사람은 따로 있다는 걸 인지한 상태이기 때문에 아무도 눈치채 주지 않아도 딱히 화가 나지는 않는다. '하지만 술잔이 빈 것뿐만 아니라 내가 혼자서 술을 따르고 있는 것조차 알아차리지 못하는 건 좀 비참하구나.' 나는 병을 기울여 쫄쫄쫄 맥주를 컵에 따르면서 생각했다. 이런 비참한 기분이 되는 게 싫어서 일본의 아저씨들은 혼자서 스낵바나 클럽에 가는 거였어. 딱히 알 필요도 없는 중년 아저씨들의 기분까지 저절로 헤아리게 되는 순간이었다.

자연스럽게 자작하는 여자가 되어 가는 와중에도 나

와 내 옆의 수컷은 "고향은 어디야?" "혼자서 살아?" 같은 단순한 내용의 대화를 계속하고 있었다. 맞은편에 앉아 있던 뜨개질 삼총사도 셋이서 그런대로 잘 노는 것 같아서 다행스러웠다. 술자리에 속도가 붙기 시작하면서 서서히 느껴지는 안도감과 맛있는 요리에 힘입어 데스마스크 같았던 내 얼굴에도 드디어 웃음이 찾아왔다. 피단두부에 물만두, 달걀토마토굴볶음. 집에서는 먹어 본 적이 없는 다양한 요리가 흥미롭기도 했고, 또 술을 재촉했다. 대만요리라고 해도 일본 사람 입맛에 맞게 만든 것인지 그리 맵지도 않고 딱 좋았다. 하지만 왜인지 옆자리의 수컷은 구슬 같은 땀방울을 뚝뚝 흘리고 있다.

"더워…… 더워……."

이렇게 중얼거리면서 땀을 닦지도 않고 닭고기와 캐슈너트를 볶은 요리랑 맥주를 한꺼번에 마시는 수컷. 그 모습은 이미 들개를 뛰어넘는 짐승의 모습을 보여 주고 있었다. 하지만 맥주잔을 한 손에 들고 계속 후후후 웃는 사이에 나는 서서히 그의 그런 모습이 아무렇지도 않게 느껴지기 시작했다. 내 작전은 성공이다. 조금만 더 마시면 한계를 극복하고 사랑에 빠지는 것도 불가능하지는 않을 듯한 느낌이 든다. 딱히 무리하게 사랑에 빠질 필요는 전혀 없는데도, 이 자리를 더 즐거운 것으로 만들기 위해서라면 나는 내 마음을 도둑맞는 사태도 불사할 작정이었다. '이런 비열한 마음으로도 괜찮다면 기꺼이 그와 사랑에 빠져 주지.' 거기까지 생각하고 있을 때였다. 갑자기 '뿌직!' 하고 진동이 섞인 중저음이 울리는 게 아닌가.

"아, 방귀다."

무슨 소린지 몰라서 멀뚱멀뚱 공중을 쳐다보고 있던 내가 들은 말은 수컷이 던진 이 한마디였다. 방귀? 아직 무슨 사태인지 제대로 파악하지 못한 나에게 계속된 파열음이 결정타를 날린다. 이번에는 자동차 경적 타입이다. 삐삑!

"큰일 났다. 방귀가 엄청나게 나와."

나는 어안이 벙벙해져서 수컷을 응시했다. 그랬더니 머지않아 그 뒤를 잇듯이 약간 들려 있던 그의 한쪽 엉덩이에서 세 번째, 네 번째 방귀가 그의 몸 밖으로 위풍당당하게 방출된다.

"방귀가, 방귀가 멈추질 않아!!"

수컷이 절규한다. 이 놀라운 사태에 내 본능은 비상 사태를 선언했고, 도움을 청해야 한다고 경고하고 있었다. 하지만 그 방귀 소리가 들리는 건 나 혼자이고, 신입생 뜨개질 삼총사와 선배 뜨개질 3인방은 각각 자신들의 이야기에 열중하고 있을 뿐이다. 이미 나나 방귀 남자의 존재 따위는 잊힌 지 오래다. '지금, 이 사람이 방귀를!' 그렇게 주위에 호소해 본들 뭐가 어떻게 달라질 수 있는 상황이 아니다.

아, 아니야. 어쩌면 이건 혹시 방귀 남자에 의해 정밀하게 계산된 방귀 방출 플레이 같은 게 아닐까? 그리고 어쩌면 대학교 술자리에서 방귀 방출 플레이란 건 극히 자연스럽고 흔한 놀이 중 하나일 뿐, 이 정도로 동요하는 나는 아직 수행이 모자란 건지도 몰라. 사면초가의 상황에서 '해프닝을 즐겨라!'라는 식의 플레이 같은 거지. 동시에 오만 가지 생각이 뇌리를 스쳐 지나간다. 그렇다면 '어머나! 방귀라니, 싫어! 그래도 진짜 웃기다' 이런 식으로 천진난만하게 꺄악꺄악 소리를 지르며 호감도를 올려 줘야 하나? 하지만 그래 봤자 어차피 내 플레이를 들어 줄 상대는 이 방귀 남자뿐이다. 아, 끝이구나. 순간 이른바 희망과 꿈이 완전히 날아가 버렸다는 걸 나는 깨달았다.

그리고 나는 처음으로 간 술자리에서 개시한 지 채 한 시간도 안 된 시점에 결의를 굳히고 슬슬 일어나서는 "이제 가 봐야 할 것 같아요……"라고 모기만 한 소리로 뜨개질 3인방 선배에게 이별을 고했다. 이런 때조차 상대를 배려하느라 죄송하다는 듯한 미소를 살짝 띠고 있는 나 자신이 참 한심하기 짝이 없다. "우리 동아리에 들어오고 싶으면 그 접수처로 와." 형식적인 말로 응답하는 뜨개질 선배들의 눈을 피하면서, 나는 재빨리 자리를 떴다. 자리를 뜰 때 마지막으로 내 시야에 비친 것은 나 같은 건 전혀 신경도 쓰지 않고 곁눈질조차 없이, 오직 요리만을 쉼 없이 먹고 있는 방귀 남자의 모습이었다.

나의 첫 술자리를 온통 방귀 일색으로 물들여 놓은 그 놈을 용서할 수가 없다. 하지만 더더욱 용서할 수 없는 건 한순간이나마 그를 사랑하려고 했던 나 자신이었다. 나는 내 몸에 붙은 방귀 기운을 떨쳐 내기 위해 계단을 마구 뛰어 내려와서 상점가를 빠른 걸음으로 걸었다. 고맙게도 봄밤의 바람은 방귀의 성분을 내 몸에서 가볍게 떼어내 주었다. 어느 정도 취기도 사라진 것 같다. 이젠 이루지 못한 꿈만 덩그러니 남아 있구나.

그 후 나는 다른 동아리에 가입해서 처음에 바랐던 대로 술에 취해 울고 웃고 섹스를 해 버리고 상처 입고, 그렇다고 해서 절대 어른이 되지는 않는 대학 생활을 보냈고, 지금에 이르렀다. 결코 옆 사람이 자작하도록 내버려 두지 않는 여자가 된 건 첫 술자리에서 호된 신고식을 치른 덕분이다. 그 후로 방귀 남자는 희한하게도 교정 안에서 단 한 번도 보지 못했다. 그리고 당연하게도, 대학에 방귀 방출 플레이 같은 놀이는 존재하지 않았다.

어쩔 수 없는 건 나쁜 게 아니야

히라마쓰 요코 平松洋子

에세이스트. 도쿄여자대학교 사회학과를 졸업했으며, 식문화와 생활을 테마로 집필 활동을 하고 있다. 2006년 《살 수 없는 맛》으로 분카무라 되마고 문학상을, 2012년 《야만의 독서》로 고단샤 에세이상을 수상했다. 《어른의 맛》《샌드위치는 긴자에서》 외 다수의 저서가 있다.

아아, 또 저질러 버렸다. 너무 많이 마셔 버렸다. '어쩌다가 그만' 이런 말이 그저 원망스러울 뿐이다. 큰 말뚝을 하나 박아 넣은 것 같은 무거운 머리를 흔들어 본다. 우선 뜨거운 물에 몸을 담근다. 욕조의 물에 몸이 가라앉으면서 함께 밀려드는 자기혐오. 술을 마실 때의 감정을 어떻게 설명해야 할까. 어쩌면 그 감정에는 마약이나 자극제가 주입되어 있는 걸지도 모른다. 아니면 머릿속이 특별히 좋아하는 물질이라든가. '그게 바로 쾌락이란 거예요. 당신의…….' 누군가가 이렇게 속삭여 준다면 마음이 훨씬 편해질 것 같다. 그렇지 않으면 반평생 동안 인지만 하고 절대 학습하지 못하는 나 자신에게 그 감정을 설명할 길이 없으니까.

그런 자문자답을 30년 이상 반복해 왔다. 술을 마시기 시작한 게 열여덟 살 때부터니까, 36년도 넘은 셈이다. 그렇구나. 36년이나 됐구나. 새삼 감탄하면서 술 먹고 후회했던 때를 손으로 꼽아 보자니, 아무래도 나라는 인간에게 절망하게 될 것 같다. 아니, 그냥 낙담 정도로 해 두자. 절망해야 하는 것들은 그 밖에도 산더미처럼 많으니. 그러니까 나 자신을 위로하기 위해서라도 술 정도는 내 편으로 해 두어야겠다.

처음부터 신랄한 이야기가 되어 버렸다. 하지만 사람

은 '참회'라는 두 글자 앞에서는 정좌를 하게 되어 있다. 그러지 말아야지 하다가도 어느 순간 그렇게 된다. 어쩔 수가 없다.

'참회' 하니까 갑자기 떠오르는 일이 있다. 딸이 다섯 살이 될까 말까 하던 시기의 일이다. 한겨울 저녁식사 때(저녁 메뉴는 전골요리였던 걸로 기억한다) 딸내미가 어른이 마시던 맥주잔을 손에 들고는 "이거 뭐야?" 하고 물었다. 의문형이긴 했지만 맥주잔을 움켜쥔 양손은 바로 그걸 마실 기세. 아니나 다를까 어른들의 대답도 기다리지 않고 바로 입에 갖다 대더니 꿀꺽꿀꺽 마시기 시작한다. 아마 그때 집 안이 건조해서 목이 말랐던 것 같다. 꿀꺽, 꿀꺽, 저지할 생각도 못 할 만큼 순식간에, 그리고 자연스럽게 일어난 일이었다. 맥주잔의 반 정도, 거의 100cc 정도를 마시고는 '탁' 소리를 내며 잔을 테이블에 놓는다. 마치 아저씨가 술집에서 맥주 첫 모금을 맛있게 먹고 내려놓는 그런 위풍당당함이 느껴지는 행동이었다. 생각지도 못한 그 기세에 압도된 탓인지 내 머리는 어이없는 생각을 뱉어 냈다.

'오호라, 이 아이는 술이 굉장히 센가 보네.'

하지만 다섯 살짜리 아이의 볼은 점점 붉게 변했고, 눈이 풀리기 시작했다. 이런, 큰일이다. 이건 진짜 큰일인데. 나는 뒤늦게 사태의 심각성을 알아채고 허둥대기 시작했다.

'물을 대량으로 먹이지 않으면 큰일 나겠어.'

당황해서 일어나려는데, 다음 순간 또다시 입이 딱 벌어지는 광경을 목격하고 말았다. 갈지자로 걷는다는 게 바로 이런 거였구나. 오른쪽, 왼쪽, 마치 개그맨 콤비가 일부러 각을 맞춰 우스꽝스럽게 걷는 것처럼 그 교차 각이 놀랍도록 정확하다. 나는 무엇에 홀린 것처럼 그 광경을 응시했다. 사람이 술에 취하면 흔히 갈지자로 걷는다고 표현하는데, 정말로 그렇게 걷는구나. 다섯 살짜리 아이가 술에 취한 모습에 나는 진심으로 감탄했다. 그 후 지금까지도 나는 그처럼 멋지고 정확하게 갈지자로 걷는 취객을 한 번도 본 적이 없다.

그 아이는 커서 기대에 어긋나지 않게 술을 멋지게 마실 줄 아는 사람으로 자랐지만, 그 겨울밤을 떠올릴 때마다 '엄마 실격'이라는 생각이 드는 건 어쩔 수 없다. 부주의한 것에도 정도가 있지. 그때만 생각하면 가슴이 철렁 내려앉으며 참회하고 싶은 마음으로 가득 찬다.

그런데 참회라는 것에는 커다란 용기가 따른다. 다른 사람들에게 알려지는 게 무서워서 용기가 필요한 게 아니다. 무서운 건, 정말로 무서운 상대란 언제나 다른 누군가가 아닌 자기 자신이다. 그러니까 실은 자신이 그런 짓을 저지르는 인간이라는 생각을 요만큼도 하지 않았던 거다, 그 일을 저지르기 이전에는! 그러나 어떤 특별한 상황 탓에 혹은 명백한 의지를 가지고 일단 저질러 버린 일은 부정할 여지가 없는 사실이다. '그건 어쩔 수 없는 상황이라서…….' '스스로도 믿을 수가 없습니다.' 뭐 이런 변명 비슷한 소리를 해 봤자 되돌릴 수도 없고, 잊고 싶은 사실이 사라져 버릴 리도 없다.

그럼 이제 어쩌나. 이제부터가 중요하다. 자신이 저지른 사실을 계속 마주 보면서 자신을 있는 그대로 통째로 받아들여야 한다. 결국 참회란 쳐다보기도 싫은 자신, 쳐다볼 수도 없는 자신, 알고 싶지 않았던 자신, 그 고통을 깊은 탄식과 함께 자기 안에 받아들이는 행위인 것이다. 앞으로 자신과 스스로 맞춰 나갈 수 있도록. 그렇기 때문에 없는 용기를 짜내야 하는 것이다. 가능하면 그런 힘든 일 따위는 하고 싶지 않지만, 그래도 사실이란 것은 인정받기 위해 그곳에 존재하는 법이다.

그때 나는 열여덟 살이었다. 입학한 대학은 주오센 선로를 따라 위치해 있었고, 내가 사는 곳은 같은 주오

센 선로 근처로 전차를 타고 20분 정도 서쪽으로 가면 국립대학이 있는 학교 도시가 나왔다. 가족과 처음으로 떨어져서 생활하게 된 집은 교회와 수도원이 딸려 있는 여학생 기숙사였다. 혼자서 완전히 독립하여 따로 사는 건 허락할 수 없다는 게 부모님의 방침이었기 때문에, 일단 따르는 수밖에 다른 방도가 없었다. 그리하여 눈빛이 날카로운 수녀님의 면접을 통과하고 그 외에도 여러 절차를 밟은 후, 1976년 봄 나는 나의 거주지에 무사하게 안착했다

통금 시간은 9시. '특별 외출증'을 제출하면 한 시간 정도 연장하여 밤 10시에 귀가하는 게 허락되었지만, 그것도 한 달에 두 번까지라는 조건이 붙어 있었다. 돌로 된 기둥 사이에 끼어 있는 높다란 철문은 정확하게 밤 9시가 되면 수녀님 손에 의해 닫혔다. 단 몇 분이라도 늦을 경우 돌기둥에 있는 초인종을 눌러 문을 열어 달라고 하지 않으면 아예 들어갈 수가 없다. 어쩔 수 없이 누른 초인종 소리가 조용하다 못해 적막한 건물 내부에 울려 퍼지는 순간에는 정말로 몸이 오그라드는 것 같았다. '정말 죄송합니다. 늦었습니다.' 경직된 몸으로 서 있으면 문손잡이가 안쪽에서 찰칵 돌아가면서 수녀님의 검은 실루엣이 나타난다. 어둠 속에서 수녀님

은 종종걸음으로 돌계단을 내려와 철문을 열어 주며 조용히 말씀하신다.

"들어와라."

서늘한 무언가가 등줄기를 쭉 훑으며 올라온다. 노골적인 꾸짖음보다 냉정하고 침착한 무언의 질책이 백배는 더 무서운 법. 나는 수녀님 곁을 벗어나려는 듯 바로 식당으로 직행해서 막 치워지기 직전인 나의 저녁 식사 1인분을 확보하러 달려가곤 했다.

대학에 들어와서 설마 그런 식으로 온몸이 오그라드는 경험을 하게 될 줄은 상상도 하지 못했지만, 그것이야말로 우리 부모님이 의도한 것이었다. 수녀님들의 존재감이 정말 어마어마한 중압감을 주었지만, 그래도 통금 시간이나 식사 시간만 엄수하면 하루하루 별 탈 없이 지낼 수 있다. 여대생만으로 구성된 기숙사 구성원은 약 30명. 각각의 방은 개인실이라서 프라이버시는 확실하게 지킬 수 있고, 아침과 저녁을 만들어 주시는 주방 쪽 수녀님들은 스페인에서 공부하고 오신 분들로 요리 솜씨가 무척 좋았다. 말하자면 불평을 할 수 없을 만큼 괜찮은 생활 환경이었던 셈이다.

하지만 인간 사회라는 것은 아주 정교하고 복잡하게 만들어져 있다. 하나의 집단이 있으면 그 테두리를 벗어나는 인간이 반드시 있는 법이다. 수녀님의 면접을 통과하고 그분들의 마음에 든 사람이라 해도, 그와는 별개로 다시 미묘하게 손발을 파닥거리는 자가 나타나기 마련이다. 대놓고 통금 시간을 어기거나 방 안에서 몰래 담배를 피우는 자(이런 자들을 적발하기 위해 수녀님은 불시에 갑자기 방을 덮쳐서 호되게 야단을 쳤다)도 있었지만, 나는 일단 겉으로 보기에는 얌전한 아이였다. 하지만 내 속은 전혀 그렇지 않았다. 일단 밖에 나가면 재즈 카페에 눌러앉아 있거나 주오센을 따라 여기저기 노지 뒤쪽을 산책하고, 특이한 책들을 파는 책방을 찾아다니고, 뻔질나게 영화관을 드나들었다. 대학 수업에는 일단 참석하긴 해도(강의를 듣는 건 재미없었다) 일상의 내용은 수도원이나 교회 같은 것과는 정반대 방향을 향해 달려갔다. 그리고 기숙사 학생들은 물론이고 대학 동급생 중에도 나와 같은 냄새를 풍기는 사람은 도무지 찾을 수 없었다.

곧 남자 친구가 생겼다. 사회학 연구회에 들어가 알게 된 국립대학 4학년 남학생이다. 스스로도 신기할 만큼 대화가 잘 통해서 찻집이나 도서관에서 몇 시간이나 질리지 않고 이야기할 수 있을 정도였다. 음악 이야기, 책 이야기, 지금 생각해도 대체 어쩌면 그렇게 할 말이 많았는지 말하고, 말하고 또 말해도 우리의 이야기는 끝이 없었다. 계속되는 이야기는 '좋아한다'는 감정의 주름을 넓혀 가면서 더욱 깊은 곳으로 발을 딛게 하는 재미가 있었다. 물론 태어나서 처음 해 보는 경험이었다.

그날은 기치조지의 재즈 카페에 가서 와인을 주문했다. 학생 신분으로 와인이라니 너무 사치스러운 게 아니냐 하겠지만, 아마 그때는 과외를 하던 남자 친구가 아르바이트비를 받은 지 얼마 안 된 때였던 것 같다. 도쿄 사람이라 부모님 집에서 통학을 했고, 여러 건의 과외를 하면서 버는 수입이 괜찮아서 상당히 여유가 있는 편이었다.

차가운 화이트 와인이었는데, 신기할 정도로 술술 잘 넘어갔다. 굉장히 기분 좋은 술이었다. 고등학생 때 부모님의 눈을 피해 홀짝였던 마테우스 로제와도, 초등학생 때 핥아 먹어 봤던 아카다마 포트와인과도 전혀 다른 맛이었다. 굉장히 담백하고 경쾌한 맛이랄까. 와, 화이트 와인이란 게 이렇게 맛있는 거였구나. 술술, 꼴깍꼴깍. 그날 와인을 목으로 넘길 때의 그 매끄러우면서도 투명한 느낌은 지금도 내 몸 어딘가에 확실하게 남아 있다. 남자 친구의 경직된 목소리와 함께.

"아, 큰일 났다. 벌써 8시 반이야. 통금 시간 지나겠어!"

흐리멍덩하게 풀리는 눈을 부릅뜨며 화이트 와인을 계속 마시고 있는 내 귓속으로 갑자기 긴박한 목소리가 들어왔다.

"지금 뛰어가면 아슬아슬하게 도착할 수 있을 거야."

이 남자는 어쩌면 이렇게 책임감이 강한 걸까. 손을 잡고 탈주범처럼 급히 가게를 뛰어나간 우리 둘은 기치조지 역을 향해 역 앞 계단을 뛰어 올라갔다. 홈으로 미끄러지듯 들어온 전차에 몸을 던져 어깻숨을 몰아쉬면서 국립대학까지 20분. 하지만 급격하게 온몸에 알코올이 돌기 시작한 나는 조금씩 창백하게 질려 갔다.

오렌지색 전차가 국립대학 역에 도착한 후 문에서 구르듯 내려 홈 플랫폼 시계로 확인한 시각은 8시 55분.

"택시 타자. 시간을 맞출 수 있을 거야."

하지만 개찰구를 통과해 튀어나온 순간, 세상은 무너졌다. 내 몸은 완전히 꺾였고 의식은 점점 멀어져 갔다. '아, 큰일이다. 말도 안 되는 일이야.' 머릿속에서 빨간 신호등이 깜빡깜빡 점멸하면서 한편으로는 깊은 늪으로 몸이 점점 가라앉아 정체를 잃어 가는 그 느낌이, 희한하게도 굉장히 편안하게 느껴졌다. 윤곽이 흐려지고, 모든 게 흔들린다. 나는 그 어지러움에 그만 눈을 감았다. 그건 아마도 내가 태어나 처음으로 알게 된 쾌락이었다.

그러다 정신이 들었다. 여기는 어디? 나는 누구? 천천히 눈을 뜨니 나를 둘러싸듯 모여 있는 사람들의 윤곽이 천천히 눈에 들어온다. 걱정스럽다는 듯 나를 들여다보는 시선과 부딪칠 것 같아서 나는 서둘러 다시 눈을 감으며 필사적으로 생각했다. 혹시 여기는 역 앞 로터리인가? 내가 여기서 쓰러진 건가? 조금씩 사태가 확실해진다. 어쩌면 역 앞 개찰구를 나온 내가, 바로 그 자리에서…….

식은땀이 온몸에서 분사된 그 순간, 방사선 모양으로 뻗어 있는 대학로 저쪽에서 역을 향해 점점 커져 오는 소리가 고막을 흔들었다.

'삐뽀! 삐뽀!'

사이렌 소리가 성큼성큼 내 쪽으로 다가오더니 바로 내 앞 왼쪽 방향에서 멈춘다. 설마. 최악의 예감이 머리를 스쳐 지나갔지만, 몸은 내 의지와는 상관없이 꿈쩍도 하지 않았다. 그리고 나는 하얀 헬멧을 쓰고 하얀 옷을 입은 사람들의 손에 의해 들것에 태워져 구급차로 옮겨졌다.

머리 위에서 남자친구가 구급대원에게 수도원의 위치를 말하는 소리가 들린다. '급성 알코올 중독'이라는 소리도 들린다. 말도 안 되는, 있을 수 없는 전개다. 이건 통금시간 엄수 같은 문제와는 차원이 다르다. 구급차를 타고 술 냄새를 폴폴 풍기며 수도원으로 귀환한다고? 순간 이 세상에서 사라지고 싶었지만, 나는 아무것도 할 수 없다. 경망스러운 사이렌 소리가 나를 비웃고 있었다.

구급차가 멈춘 순간 펼쳐지던 창밖 광경을 나는 지금도 잊을 수가 없다. 철문 너머로 나무문이 급하게 덜컥 열리더니 얼굴이 벌겋게 변한 수녀님이 허둥지둥 계단을 뛰어 내려온다. 가로등 불빛에 비친 탓인지 그 광경이 슬로모션처럼 느리게 재생된다. 나는 그 광경을 간이침대 위에서 가늘게 눈을 뜨고 멍하니 쳐다보았다.

그다음 기억은 또다시 팍 끊겨 있다. 어떻게 구급차에서 내렸는지, 누가 부축해서 계단을 올라갔는지, 전혀 기억이 안 난다. 딱 하나 기억나는 건 "죄송합니다" 하고 거듭 사과하는 나에게 수녀님이 하신 말씀.

"들어가서 쉬어라. 이야기는 내일 하자꾸나."

나는 지금까지 열여덟 살의 밤에 일어났던 이 사건을 아무에게도 말한 적이 없다. 물론 글로 쓴 적도 없다.

그런데 36년이나 지난 지금, 겨우 용기를 내서 사실을 받아들이려 한다. 사람들에게 둘러싸인 채 누워 있던 역 앞 로터리의 그 딱딱한 지면의 느낌을 내 등은 한시도 잊은 적이 없었다.

다만 나는 계속 이런 식으로 생각해 왔다. 세상에 '옳은 쪽'과 '옳지 않은 쪽' 사이에 선이 그어져 있다면, 아마 나는 분명히 '옳지 않은 쪽' 혹은 '어쩔 도리가 없는 쪽'에 속해 있을 것이라고. 왜냐하면 비록 넘어진 지면은 딱딱하고 차가웠지만 취했을 때의 그 편안한 느낌은 내 안에서 그것들을 다 쾌감으로 바꿔 버렸기 때문이다. 깜짝 놀라 수도원에서 뛰어나온 수녀님들에게는 죄송하게 생각하지만, 그러면서도 이렇게 중얼거리는 내가 있었다. "어쩔 수 없는 건 나쁜 게 아니야." 그리고 그때의 그 생각은 분명 그 이후로 내가 살아가는 데 있어서 결정적인 역할을 담당했다.

아예 확 더 마셔 버릴까. 이쯤에서 그만둘까. 그 아슬아슬한 선상에 도달했을 때 내 귓가에 들리는 속삭임. '아무렴 어때.' 이 엄청나게 달콤한 속삭임은 언제나 쓰러진 채로 가늘게 눈을 뜨고 몰래 올려다본 36년 전의 밤하늘에서 들려온다.

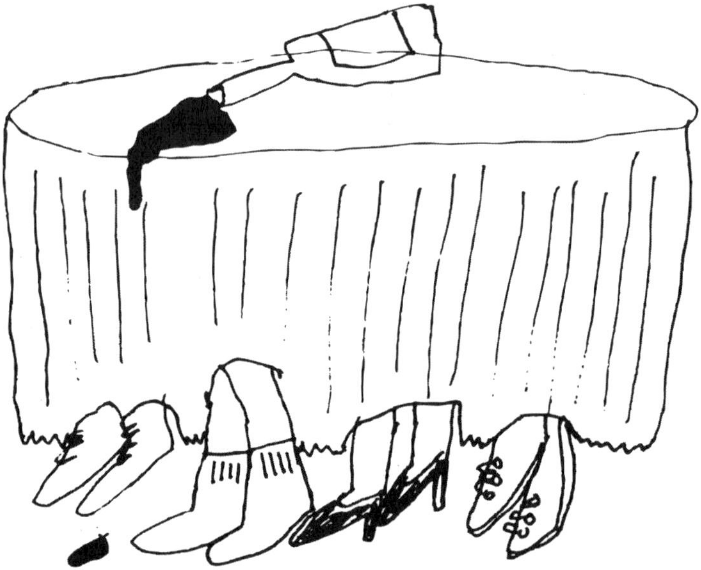

'술고래녀'라는 소문

무로이 시게루 室井滋

도야마 현 출생. 와세다대학교 재학 중에 영화배우로 데뷔했다. TV, 영화, 연극 등의 분야에서 폭넓은 활동을 벌이고 있다. 저서로는 그림책 《시게 짱》《맨 정신의 혼(魂)대전—빨간 만두/하얀 만두》《도쿄 바보꽃》《마킹 블루스》 등이 있다. 〈시게 짱과 함께〉라는 이름으로 그림책 낭독과 공연을 결합한 독특한 이벤트를 진행 중이다.

이유는 잘 모르겠지만 아주 옛날부터 나에게는 '술고래'라는 소문이 따라다녔다.
'엄청나게 마신다면서요?'라든가 '술 잘 마시는 연예인 톱 텐 중에서도 단연 최고라고 들었어요' 등등.
처음 만나는 사람도 명함을 내밀고 30분만 지나면 반드시 히죽히죽 입꼬리를 올리며 술 얘기를 꺼내기 시작한다.
"아니, 전 뭐 그렇게까지 술을……."
일단 뒤로 몸을 빼면서 부정해 봐도 돌아오는 반응은 정해져 있다.
"에이, 왜 이러세요. 그냥 딱 봐도 술을 엄청 잘하실 것 같은데."
참고로 말하자면 내가 여배우가 되어 처음으로 받은 상도 실은 영화나 연극에 관련된 게 아니었다. 심지어 일본 주조조합에서 주는 '일본주 대상 장려상'이었다.
어쩌면 이 상을 받게 된 이유도 '내가 술을 좋아한다'는 소문에 근거하는지도 모르겠다. 물론 명예로운 상을 받은 건 기뻤지만 '왜 내가?'라는 의문이 그 후에도 계속 가슴속에 앙금처럼 남게 되었다고나 할까.
내가 정말 그렇게 술을 좋아하나?
그것도 사람들이 '주당! 술고래!'라고 막 떠들어 댈 정도로?

애당초 이 에세이를 의뢰받은 것도 편집부의 누군가가 날 그렇게 생각해서 성사된 일이 아닐까?

그렇다면 이쯤에서 지금까지의 나 자신을 돌아보고 내가 술을 얼마나 좋아하는지 그 정도를 검증해 보는 게 옳을 것 같다.

술을 좋아하냐 싫어하냐 누가 묻는다면, 내 대답은 '한 번도 술이 맛없다고 생각해 본 적은 없다'는 것이다. 항상 굉장히 맛있게 마시고 있으니까.

그러니까 굳이 한마디로 정리하자면 '네, 좋아합니다'가 될 것이다.

좋아하는 술 종류는?

나는 청주도 좋아하고 소주도 좋아하지만 건배할 때는 역시 생맥주가 최고라고 생각하고, 음식에 따라 레드 와인이나 화이트 와인을 선택하기도 한다. 또 샴페인도 좋아해서 긴자의 샴페인 전문점 '살롱 드 샹파뉴 비오니스'라는 바에도 자주 얼굴을 내민다. 여름에는 유행하는 하이볼도 자주 마시고 어른들의 조용한 저녁 모임에는 단연 위스키가 좋다고 생각한다. 소흥주나 매실주, 제철 과실주, 인삼이 들어간 약주도 좋아한다. 몸이 좀 안 좋다 싶을 때에는 중국요리점 '용구주가(龍口酒家)'에 가서 오리지널 '개미술'을 마신다! 식용 개미가 빽빽하게 떠 있는 이 하얀 술을 마시면 감기 같은 건 바로 그 자리에서 떨어진다.

결국 나는 술의 종류가 뭐든 상관없이 다 괜찮은 셈이다.

이렇게 줄줄이 써 놓고 보니, 나는 과연 소문대로 대단히 '술을 좋아하는 여자'라는 결론이 나올 것 같다. 그렇다면 다음 질문. 내 주량은 어떤가.

……고백하는 게 좀 힘든데, 이것도 역시 위험한 대답. 아침까지 계속 마신다. 청주든 소주든 계속 마셔도 일단은 괜찮습니다!

'그럼 술고래녀 맞잖아!' 이런 소리가 여기저기서 들려오는 것 같지만, 이제부터는 조금 얘기가 달라진다. 이해하기 쉽도록 'Q&A 형식'으로 진행해 보겠다.

Q : 당신은 매일 밤 술을 마십니까?

A : 아니요, 매일 밤 마시지는 않습니다.

Q : 자택에서 저녁에 맥주나 와인 등을 가볍게 한 잔씩 마시는 것도요?

A : 네. 손님이 오면 예외지만 보통 일상생활 중에는 거의 집에서는 안 마십니다.

Q : 정말입니까? 이미지랑 상당히 다른데요?

A : 집에서 마시는 일은 아주 드뭅니다. 마신다 해도 극히 소량만, 그것도 식사 시간에 반주로만 마십니다. 횟수는 2주일에 한 번 정도.

Q : 의외네요. 마시고 싶지 않습니까?

A : 집에서는 전혀. 매일 할 일이 많기 때문에 취해서는 안 되거든요.

Q : 스튜디오에서 촬영이 끝나자마자 자판기로 뛰어가서 캔맥주 같은 걸 바로 따서 마시는 여배우도 봤습니다만, 당신도 그런가요?

A : 아니요. 일 끝나고 스태프들과 선술집에 들르는 일은 있습니다만 일터에서는 안 마십니다.

일 얘기가 나왔으니 말인데, 예전에 아주 우스운 사건이 하나 있었다.

이른 아침 시부야 근처의 선술집을 빌려서 촬영을 했을 때의 일이다.

회사원 역할이었던 내가 동료와 엄청 마시고 해롱해롱 취하는 밤 장면을 촬영하고 있었는데 촬영에 들어가니 잔의 내용물이 바뀌어 있었다.

리허설을 할 때만 해도 '바비칸'이라는 맥주 색의 무알코올 음료였는데, 이번엔 진짜 맥주가 들어 있는 게 아닌가!!

'으으윽, 이거 진짜 맥주잖아!'

마음속으로 그렇게 외치면서도 어찌어찌 무사히 연기를 끝냈다.

"무로이 씨, 아주 좋아요. 오케이, 오케이, 최고예요."

감독의 오케이 사인이 떨어지기 무섭게 현장 담당인 여자 스태프 A양에게 달려갔다.

"A씨, 어떻게 된 거야? 진짜였다고, 그 맥주. 실수로 바뀐 거야?"

재빨리, 하지만 조용히 주의를 준다.

그런데 이 직업 5년 차인 A양은 당황한 기색 하나 없이 기쁜 듯 환한 웃음으로 답하는 게 아닌가.

"우후훗, 저 말이에요. 무로이 씨의 왕팬이에요. 언젠간 꼭 함께 일해 봐야지, 늘 그렇게 꿈꿨었다니까요. 이번에 이 프로그램을 하게 돼서 얼마나 기뻤는지! 맥주는 서비스예요, 서비스! 술 좋아하시잖아요. 제가 드리는 선물이니 실컷 마시세요. 우후후, 괜찮아요. 다른 배우들한테는 절대 이런 선물 안 해요. 부디 맛있게 즐겨 주세요!"

이런 말도 안 되는 일이!

술을 좋아하는 연세 높은 선배 배우들이야 가끔 깊은 밤 음주 촬영 장면에서 윙크를 하며 "진짜 술로 해도 되잖아" 하고 요구하는 일도 있다지만, 이런 경우에도 스태프는 절대로 허락해 주지 않는다. 이런 상황이니 A양의 서비스는 정말로 예외 중의 예외였던 셈이다.

어떻게 해야 하나. 나는 순간 고민에 빠졌다. 우선 아침 7시부터 맥주를 마셔 대는 건 여러모로 좋지 않다. 그런데 A양은 고백까지 한 이상 다시 바비칸으로 바꿀 생각이 없어 보인다. 이렇게 진짜 맥주를 마시면서 그 긴 대사가 들어간 장면을 제대로 해낼 수 있을까? 판단력이 흐려져서 계속 엔지가 나면 큰일인데. 하지만 내 눈 앞의 잔 속 내용물이 진짜라는 걸 알리면 A양이 심하게 혼나겠지. 무엇보다도 그녀의 호의를 무참히 짓밟아 버리는 결과가 될 것이다.

나는 결국 마음을 졸이면서도 진짜 술로 연기를 계속하기로 결심했다.

이른 아침에 마시는 맥주의 효과는 너무나 강력해서 제아무리 튼튼한 간을 가진 나라도 볼이 붉어지는 게 스스로 느껴졌다.

감독은 이 모습을 보고 "대단해. 뺨까지 발군의 연기를 하는군. 정말로 취한 것 같아. 좋아, 무로이 씨, 바로 그거야. 아, 좋아, 좋아. 스타트!" 이러면서 신이 났다.

나는 술 취한 여자의 주정 섞인 길디긴 대사를 두근거리는 심장으로 계속해서 읊어 댔다. 이제는 뺨뿐만 아니라 이마까지 발그레해지고 땀이 삐질삐질 나기 시작한다. 긴장한 탓일까, 아니면 이른 아침에 마신 맥주 탓일까. 두 가지가 뒤죽박죽이 되어 도무지 알 수가 없었다.

Q : 그럼 그 여자 스태프도 역시 오해한 건가요?

A : 그렇죠. 내가 뼛속부터 술을 좋아한다고 생각한 나머지 굉장히 좋아할 거라 기대하며 서비스해 준 거니까요. 만일 내가 '자반고등어'를 좋아한다는 정보를 얻었다면 아마 그녀는 이른 아침이든 뭐든 간에, 분명히 자반고등어를 구워 왔을 겁니다. 그때 그녀의 분위기가 그랬어요. 대단했죠.

Q : 간이 튼튼하다는 사실이 소문을 부추기는 걸까요?

A : 하지만 매일매일 술을 들이부어도 괜찮은 간은 없어요. 게다가 저는 '오늘 밤 취하고 싶어' 이런 기분이 들면 샴페인 두 잔으로도 기분이 딱 좋아

지는걸요.

Q : 취한다고요?

A : 네, 취해요. 취해서 즐거워지죠. 하지만 그건 술이 없어도 가능한 일이에요. 주스로도 가능하고 홍차로도 가능하죠. 그러니까 일상적으로 계속 술을 마실 필요는 없는 겁니다.

Q : 알코올에 의존하는 습관이 없군요.

A : 정답! 아마 제 알코올 의존도는 제로일걸요? 내일부터 어떤 사정으로 인해 이 세상에서 술이 없어지거나 혹은 금주법 시대로 다시 돌아간다 해도, 저는 별로 곤란할 게 없어요. 물론 술이 없으면 인생이 좀 쓸쓸해지긴 하겠지만요.

내 자문자답은 이 정도로 하겠다.

대강 이해하셨겠지만 정리해 보면 나는 술을 좋아하지만 술에 의존하지는 않고, 즐기는 것도 외식 때나 모임이 있는 경우에 국한되어 있다.

말하자면 나는 굉장히 건전한 방식으로 술을 마시는 편이고, 즐길 수 있을 때에만 술을 그 아이템에 맞게 등장시킨다고 해도 과언이 아니다.

따라서 나의 술은 상당히 양의 기운(陽氣)을 띤다.

물론 나 자신이 항상 양의 기운인 건 아니다. 일상적으로 여러 가지 고민거리도 안고 산다. 하지만 나는 고민하는 자신에게 '술'을 갖다 붙이려는 생각은 하지 않는다.

나는 '술기운을 빌리자'라든가 '술이라도 마셔야지 참을 수가 없군' 같은 생각은 그다지 좋아하지 않거니와 스트레스 해소책으로 술을 마시는 것도 체질에 맞지 않는다.

설령 어릴 때에는 그랬을지도 모르겠지만, 내가 점점 나이가 들면서 합리적인 사고방식을 갖게 된 탓인지 지금은 정말로 기분이 축 가라앉는 술은 마시고 싶지 않다.

최근에 이런 일이 있었다.

대학시절 친구인 교코가 밤에 취해서 휴대폰으로 나에게 전화를 했다. 다른 친구한테 내 전화번호를 물었다고 했다. 정말 오래간만에 장시간 수다를 떨었다.

그녀는 지방 사립 고등학교 교사로 부모님 집과 가까운 데서 혼자 살고 있다고 했다. 몇 년 전에 이혼을 했고 아이는 없다. 매일 좋은 교육자가 되기 위해 노력하고 있고 쉬는 날에는 취미로 뜨개질을 한단다. 그 작품들을 바자회나 지역이 개최하는 회장에서 전시도 한다며 그녀는 들뜬 목소리로 말했다.

하지만 그 후가 문제였다. 열흘에 걸쳐 다시 걸려 오기 시작한 전화는 몽땅 완전히 만취 상태에서 건 전화였다. 한밤중에 내 전화의 자동응답기에 대고 무슨 말인지도 모를 이야기를 계속해서 떠드는 교코.

내용은 대충 직장에 대한 불평불만에다 주위의 배려심 없는 인간에 대한 비난 같은 거였다.

아침에 일어나 자동응답기를 재생할 때마다 나는 당황스러웠다. 그녀가 취해서 떠드는 그 정도가 너무나 심한 것 같아서 어떻게 답을 해 줘야 할지 고민스러웠기 때문이다.

다음 날에는 학교에 출근하니까 숙취가 어느 정도는 해소되었을 터인데, 평정심을 찾았을 때 '어젯밤엔 미안!' 이런 전화조차 일절 없는 걸 보면 아무래도 전화한 것조차 기억하지 못하는 듯했다.

나는 직접 교코에게 전화를 하기 전에 그녀에게 내 전화번호를 가르쳐 준 오랜 친구인 히로미에게 연락을 해 보기로 했다.

"히로미! 오랜만이야, 잘 지냈어?"

"아아, 시게루. 항상 TV 잘 보고 있어. 그렇지 않아도

같이 한잔하러 가자고 조만간 연락하려던 참인데."

"응. 그러자. 너도 바쁘겠지만, 가끔은 맛있는 것도 먹으러 가야지."

"근데 무슨 일 있어?"

"응. 교코 말인데, 전화가 와서 오랜만에 옛날 얘기도 하고 엄청 떠들었거든."

"이혼은 했지만 교사 일은 계속하고 있어서 생활에 별 문제는 없나 봐. 잘 지내지?"

"응. 잘 지내는 것 같아. 근데, 술이……. 저기, 걔 원래 주정이 좀 심했니?"

"자동응답기에다 막 떠들었구나? 우리 집에도 한때 밤마다 그랬어. 스트레스가 심한가 봐."

"이혼 때문에?"

"아니, 이혼은 뭐, 교코가 원해서 한 거니까 별 문제 없는 것 같은데……. 스트레스의 원인 중 하나는 학교 학생들, 그리고 또 하나는 그 학부형들!"

"하긴, 요즘 아이들 엄청나다며?"

"하지만 그건 교코에 국한된 건 아니지. 선생이라면 누구라도 피해 갈 수 없는 거니까."

"그렇겠지. 나도 그런 부모 역할을 연기한 적 있어. 아주 지긋지긋한 부모 말이야."

"하지만 교코의 경우엔 학교가 사립이잖아. 그게 문제의 원흉이지."

"그게 무슨 말이야?"

"구성원이 전혀 변하지 않잖아, 사립 학교란 게. 평생 거의 똑같은 멤버라고."

"뭐? 아, 그렇구나. 사립이니까."

"그렇지. 사립이니까. 관련 학교가 몇 개 더 있다면 뭔가 변할 가능성도 있겠지만 교코네 학교는 그렇지 않은가 봐."

"그럼 정년이 되거나 오래 근무한 선생들이 그만두지 않는 한 신입 교사 채용도 없겠네? 음, 그렇구나. 물이 바뀌지 않는구나. 그건 좀 불행하겠다."

"교과별로 나뉘고 학년 그룹으로 또 나누어지니까 상하관계도 엄청난가 봐. 싫은 상사도 평생 그대로 있을 테니."

"반대로 처음에 사람만 잘 만나면 평생 행복한 거잖아."

"교코는 불쌍하게도 굉장히 불편한 아버지뻘 선생이 계속 직속상관이라 힘든 모양이야."

"혹시 성희롱 비슷한 것도 있나?"

"그럴지도 모르지. 게다가 새파랗게 젊은 여선생과도 문제가 있나 봐. 당장 그만두고 싶지만 이제 와서 다른 학교에 채용될 리도 없고…….”

“평생 미운 상사 때문에 힘들어하는데, 어느새 자기도 미운 상사 취급을 받다니. 참 힘들겠다. 그래서 교코가 매일 밤 술을 마시는구나.”

“시게루, 교코가 하는 하소연, 그냥 좀 들어 줘. 악의는 전혀 없어. 걘 술에 의지해서 말할 수밖에 없는 거야.”

“응. 서로 너무 멀리 살아서 아무 힘도 되지 못하는데 하소연쯤이야 뭐. 아무튼 전화 한번 해 봐야겠다.”

나는 사정을 대강 파악한 다음, 교코에게 전화를 걸었다.

밤 8시. 이 시간이라면 아직 심하게 취하진 않았겠지 생각했는데 이런, 목소리를 듣자 하니 이미 완벽하게 취해 있다.

나는 자동응답기 메시지를 듣고 걱정이 됐다고 솔직히 고백했다.

매일 밤 기분 좀 풀어 보려고 그렇게 마시는 거냐고 물으니, 그녀는 “정답!” 이러면서 헛웃음을 짓는다.

“지금도 많이 취했나 봐.” 이렇게 말했더니 “완전히 기분 최고야” 하고 대꾸한다.

“이제 나이도 있는데 일주일에 한 번 정도는 간도 좀 쉬게 해 줘.”

어느새 내 말투는 설교 비슷한 걸로 변해 있다.

나는 매일 밤 술을 얼마나 마시는지 그 양에 대해 물어봤다.

"음. 학교에서 돌아오면 바로 냉장고로 직행! 코트 입은 채로 잽싸게. 에헤헤, 한겨울에도 난 언제나 처음은 맥주야. '뻥' 뚜껑을 따고 그대로 병나발을 부는 거지!"

"병나발……."

"세 병 정도 냉장고를 상대로 마시고, 그다음에는 잘 때까지 계속 와인이나 소주 같은 걸로. 와인은 늘 두 병 정도."

"일요일엔 마시지 마."

"싫어. 일요일은 즐거운 날이잖아. 아침부터 계속 마실 수 있는걸. 뜨개질하면서, 음악 들으면서 위스키를 홀짝홀짝."

"네 마음을 이해 못 하는 건 아니지만, 그러다 몸 상해. 솔직히 마신다고 기분이 좋아지냐?"

"시게루! 너 같은 주당한테 그런 말 듣기는 싫네요. 이 술고래야! 네가 그런 말 할 처지야?"

"술고래라고 했어? 내가? 술고래?"

"매일매일 밤마다 화려한 도쿄 불빛 아래에서 엄청나게 마셔 대는 주제에. '벌컥벌컥, 캬아!' 이러면서."

"미안하지만 나 이제 그렇게 많이 안 마시네요. 학생도 아니고 나이가 몇인데. 또 다음 날 일 때문에 일찍 일어나야 하고."

"거짓말! 주당이라고 여기저기 다 쓰여 있더라. 옛날부터 너는 술고래녀였어. 푸훗, 술고래녀한테 설교 같은 건 안 들어!"

한껏 높아진 그녀의 목소리에서는 분명히 우울한 기분 같은 건 하늘 높이 날려 버린 듯한 활력이 느껴졌다.

나로 말하자면 화도 전혀 안 나고, 진짜로 싸울 일도 아니라는 뭐, 그런 기분.

어쩔 수 없군. 이게 그녀의 독특한 스트레스 발산법이라면 나도 대학 시절로 돌아간 기분으로 그녀의 어린애 같은 말투에 맞춰 주기로 했다.

"이 술독에 빠진 술고래녀야!"

"뭐? 누가 할 소리!"

서로 술고래녀란 단어를 연발하고 들어 보지도 못한 이상한 단어까지 갖다 붙여 가며 소리를 지르는 동안, 어느새 우리는 고비를 넘어 수화기 너머로 각자의 실수담을 주고받기에 이르렀다.

"그게, 내가 아무리 술이 세다고 해도 몸만 세지 머리까진 아니거든. 머리 꼭대기까지 취해서 잘 알지도 못

하는 대머리 술주정뱅이 이마에 매직으로 '참 잘했어요' 도장을 그리거나, 집에 무사히 와서 현관문을 여는 순간 제트기처럼 토사물을 아빠한테 내뿜는다거나, 다음 날 아침 옷을 갈아입으려는데 브래지어 속에서 택시 영수증이나 동전 같은 게 나온다거나……. 도대체 뭘 어떻게 하면 그런 곳에 동전이 들어가는 건지, 나 참. 근데 전혀 기억이 없는 거야. 그럴 땐 정말 너무 걱정스러운 나머지 자기혐오에 빠진다니까. 그래도 시간이 지나면 그냥 웃으며 이렇게 얘기할 수 있는 게 신기해. 어쩌면 내 술주정이 너무 화려한 편일지도 모르지. ……근데 교코, 너도 집에서 혼자 초라하게 마시지 말고 밖에 나가서 화려하게 마시는 게 어때? 다른 선생님들이랑 같이 송년회 술자리에서 싫어하는 대머리 선생님 이마에 도깨비 그림이라도 그려 주는 거야. 속이 다 후련해질걸? 너무 얌전하게 보이려고 하니까 힘들어지는 거야. 교코 선생님이 사실은 엄청난 여자라는 걸 사람들한테 확실하게 보여 주라고!"

스트레스로 힘들어하는 교코에게 말도 안 되는 유치한 방법을 일러 주자 그녀는 천진하게 재미있다는 듯 소리를 내어 웃는다. 그래서 나는 조금 안심했다.

"한번 도쿄로 올라오지그래? 히로미랑 셋이서 진하게

놀자. 학교 근처에서 본격적으로 술고래녀 술파티라도 하자고."

"후후, 알았어. 갈게, 진짜로. 당장이라도 갈게."

이왕 마시는 술이라면 즐겁게 마시는 편이 좋다. 이런 내 마음이 교코에게 조금이라도 전달되었으면 좋겠다.

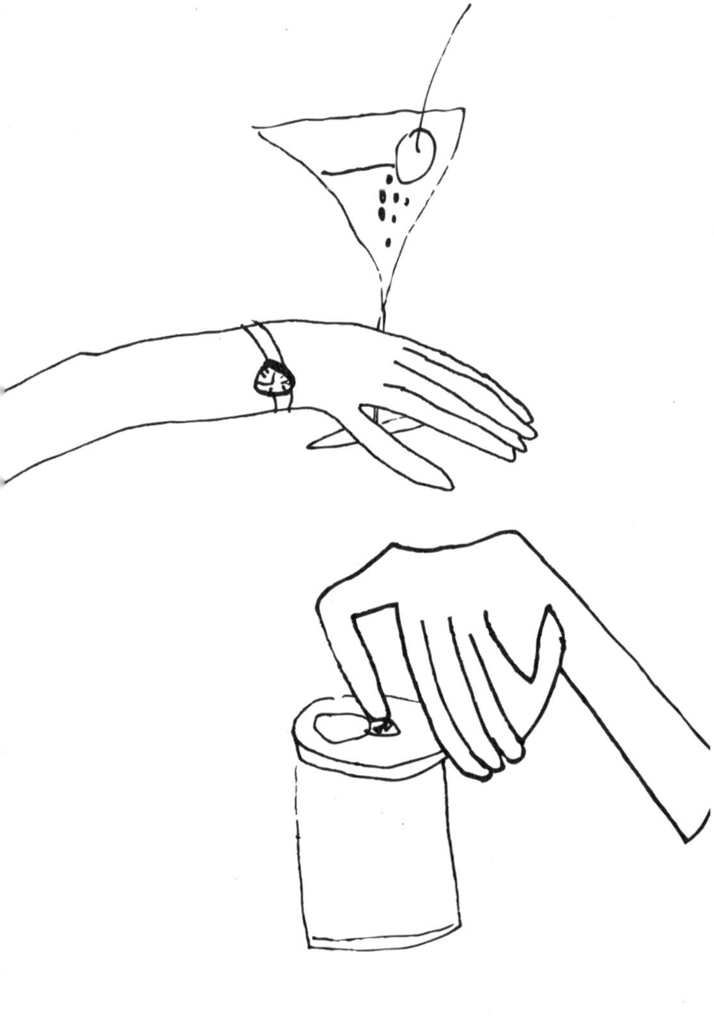

술병에도 경고 라벨을?!

나카노 미도리 中野翠

칼럼니스트이자 에세이스트. 와세다대학교 정치경제학부를 졸업했으며 출판사 근무를 거쳐 집필 활동을 하고 있다. 저서로 《나카노 시네마》《이 세상에는 두 종류의 인간이 있다》《오늘 밤도 라쿠고로 잠들고 싶어》《오즈 취향》등이 있다.

"의외네요." 이런 말을 자주 듣는다. 어지간히 술이 세 보이는 얼굴을 하고 있는 모양이다. 하지만 나는 술에는 거의 관심이 없다. 우선 나는 술을 목으로 넘기기가 힘들다. 즉, 술을 거의 못 마신다.

'선조 대대로'라고 말하는 건 좀 지나칠지도 모르지만, 일단 아버지도 할아버지도 다 술을 못하셨다. 미각의 문제는 아니다. 체질적으로 알코올을 받아들이지 못하게 생겨 먹은 것뿐이다. 따라서 어릴 때부터 우리 집에는 술 종류가 거의 없었다. 있다면 요리용 술 정도? 취한 사람도 주위에서 거의 본 기억이 없다.

그래도 설날에는 다른 집처럼 오토소(액운이 없고 건강한 한 해를 기원하며 설에 마시는 술—옮긴이)를 내놓았다. 나는 그것을 아주 조금씩 혀로 핥듯이 먹었는데, 특유의 단맛이 좋았다. 그리고 아카다마 포트와인이라는 것도 있어서, 여름에는 그것을 차가운 물에 타서 마셨다. 그것도 좋아했다. 아, 맞다. 초콜릿 위스키 봉봉도 좋아했다. (이건 지금도 좋아해서, 밸런타인데이가 다가와 시중에 마구 돌아다니면 기뻐하며 사 둘 정도다.) 그러니까 어릴 때 나는 아버지나 할아버지와 달리 술을 좋아하는 걸지도 모른다며 살짝 기대를 해 봤지만, 다행인지 불행인지 결국 나도 똑같았다.

대학생이 되니 심포지엄이라든가 아무튼 모임 같은 걸 할 때 맥주가 나왔다. 이때 딱 한 모금만 마셔도 '아아, 역시 안 되는구나' 하고 단박에 느낄 수 있었다. 위스키에 물을 탄 것조차도 마실 수가 없었다. 대체 뭐가 어떻게 맛있다는 건지도 전혀 알 수가 없었다.

나는 그런 자신을 용서할 수가 없었다. 어쩐지 멀쩡한 몫을 하는 어른이 되지 못하는 것 같았기 때문이다. 나는 남자 친구들을 만나도 항상 줄기차게 카페에서 커피나 홍차를 마시며 수다 삼매경에 빠졌다. 하지만 나를 제외한 다른 여자 친구들은 보통 바 카운터 같은 데에서 남자 친구와 이야기를 하는 모양이었다. 풍문에 의지해 판단하자면, 아무래도 연애 관계는 카페보다는 바에서 발생하기 쉬운 것 같았다.

나는 필요 이상으로 '딱딱한 여자'로 보이는 게 싫었다. 내가 관심을 갖고 있는 남자 친구들 중 몇 명인가는 신주쿠 골든가에 자주 드나들었다. 그래서 나도 가끔 골든가에 따라갔다. 어떻게 해서든 술을 좋아하는 여자, 즉 이해하기 쉬운 부드러운 여자가 되고 싶었다.

그 비슷한 이유로 담배에도 손을 댔다. 처음 한 개비를 피웠을 때는 그만 너무 어지러워서 빙그르르 천장이 도는 것 같았지만, 두 개비째부터는 희한하게도 자연스럽게 몸이 받아 주었다. 역시 체질이라고밖에 설명할 길이 없다. 아버지도 할아버지도 담배를 많이 태우셨던 것이다.

술에 대한 여러 말들 중 '먼저 취하는 쪽이 승자'라든가 '술자리에서만 하는 이야기' 같은 표현들이 있는데, 이 말들은 정말 다 진리인 것 같다. 취한 사람은 대부분 자신의 언행을 기억하지 못하기 때문이다. 결국 술을 전혀 못하기 때문에 당연히 취할 일도 없는 인간이 일방적으로 시작과 끝을 기억할 뿐이다.

그 사실을 처음으로 알게 된 것은 대학 시절, 술을 좋아하는 여자 친구들과 스키장에 갔을 때였다. 저녁 식사 후 다 같이 술을 마시고는(나는 물론 거의 마시지 않았다) 한 아이랑 세면대 거울 앞에서 이를 닦으며 이야기를 나눴다. 뭔가 우스운 이야기가 나와서 서로를 쳐다보며 낄낄대면서 한참을 웃었다. 그런데 다음 날 일어나 보니 그녀는 아무것도 기억하지 못했다. 심지어 이를 닦은 것조차 잊고 있었다. 사소하다면 참 사소하기 짝이 없는 일이지만 그런 일은 처음 당하는 거라서 충격이 제법 컸다. 그렇다면 유령과 이야기한 거나 다름없지 않은가. 서로를 보면서 낄낄거렸던 그것은 대체 무엇이었을까. 간담이 서늘해지는 이야기다.

하지만 그 정도의 일로 놀라는 건 서막에 지나지 않았다. 술을 마신 사람과는 제대로 이야기하는 것이 거의 불가능한 법이라는 사실을 깨닫게 되는 사건은 그 후에도 종종 발생했다. 장황하게 같은 말을 계속 반복하는 사람, 일방적으로 자신의 생각만 계속 밀어붙이는 사람, 갑자기 바보같이 변하는 사람…….

여기에 쓴 걸로는 부족하다. 무척 부족하다.

지저분한 이야기이긴 하지만, 만취한 사람에 대한 증오가 정점에 달했던 사건이 있었다. 20년 전쯤의 어느 날 밤에 일어났던 일이다. 나는 전차를 타고 있었다. 만취한 남자가 가까이에 해롱대며 서 있었기에 경계하고는 있었지만, 아니나 다를까 그 남자가 '우웩' 하고 오바이트를 하는 게 아닌가. 그런데 그 일부가 유감스럽게도 등을 돌리고 있던 내 파카 후드에 튀어 버렸다. 택시로 갈아타고 급하게 집으로 뛰어 들어가 바로 세탁을 했지만 (기분 탓인지) 그 악취는 없어지지 않았다. 다이칸야마의 할리우드 랜치 마켓에서 비싸게 주고 산 무척이나 맘에 드는 파카였는데!

나는 술이란 것 자체가 정말 대단한 문화라고 생각한다. 요리 분야를 봐도 그렇고, 술에 관련된 기구나 술잔이나 술병, 또 술에 대한 예절을 봐도 그렇고, 술이란 것을 중심으로 동서고금의 지혜와 미의식이 결집되어 있는 것들이 얼마나 많은가. 하지만 이 파카 사건 하나로 그런 술에 대한 경외심이 통째로 확 날아가 버렸다.

한편 술에 비하면 담배는 정말 부당할 정도로 적대시되고 있다. 근처에 있는 대부분의 음식점은 몽땅 다 금연이다. 건강을 위협한다거나 화재의 위험이 있다는 측면에서 커다란 단점을 가진다는 건 부정할 수 없지만, 솔직히 술에 비하면 담배가 훨씬 더 안전하지 않나? 그 증거로 술로 인한 폭행이나 성폭행, 살인 등의 범죄는 셀 수도 없이 많지만, 골초라는 이유로 폭행이나 살인을 저질렀다는 얘기는 어디서도 들은 적이 없다. 담뱃갑에는 '흡연은 심근경색(혹은 뇌졸중)의 위험성을 높입니다' 운운하는 구절이 크게 적혀 있다. 마찬가지로 술병 라벨에도 '폭행이나 성폭행에 관한' 경고 메시지를 크게 써 놓아야 하지 않을까? 그런 생각을 해 본다. 농담 반 진담 반으로.

비록 술과는 깊게 사귀지 못했지만, 그리고 앞으로도 계속 깊게 사귈 수는 없을 것 같지만, 그래도 오랜 시간 동안 알고는 지냈다. 말하자면 내 나름대로 술을 즐기는 법이 자연스럽게 생기긴 했다.

맥주는 조금 입을 대는 정도로 대충 얼버무린다. 위스키는 물을 섞지 않고 얼음을 넣어 마신다. 요리 중심으로, 뭔가 약간 술 비슷한 것이 당길 때는 과실주나 리큐어에 얼음을 섞어 마신다. 와인은 한 잔 정도라면 맛있게 마실 수 있지만, 그 이상은 안 된다.

나는 때때로 생각한다. 만일 내가 만취한다면 대체 어떤 '나'를 끄집어낼 수 있을까. 아마도 백이면 백 꼴불견에다 한심한 '나'가 튀어나오겠지. 하지만 조금 더 생각해 보면, 내가 만취한다는 것 자체가 불가능한 일이니까 '만일 만취한다면'이라는 가정은 현실에서는 성립하지 않는 셈이다. 아아, 다행이다?!

명배우

니시 가나코 西加奈子

1977년 테헤란 출생. 2004년 《아오이》로 데뷔했으며, 2005년에 출간한 《사쿠라》가 일약 베스트셀러가 되었다. 2007년 《쓰텐카쿠》로 오다사쿠노스케상을 수상했다. 소설 작품으로 《노란 코끼리》 《시즈쿠》 《창의 물고기》 《타오르는 그대》 《자포니카 자유 공책》 《어항 속 고기짱》 《지하의 비둘기》 《후쿠와라이》 등이 있고, 에세이로 《이 이야기, 계속해도 될까요?》 등이 있다.

태어나서 처음으로 연기란 걸 해 본 건 유치원에 다닐 때였다. 〈장갑을 사러 간 아기 여우〉에서 아기 여우의 엄마 역할을 맡았다.

나는 여우 귀와 꼬리를 붙이고 딸기 모양의 앞치마를 두르고는 "아가야, 혼자서 마을까지 이 장갑을 사러 가 보렴" 하고 노래를 불렀다. 엄청나게 슬픈 멜로디여서 노래하면서도 심하게 발랄한 느낌의 앞치마와 괴리감(!)을 느꼈던 기억이 난다. (물론 당시엔 '괴리'처럼 어려운 단어는 알지 못했지만.)

다음으로 연기한 건 마찬가지로 유치원생 때였는데, 〈알라딘과 요술 램프〉의 알라딘 역할이었다. 주연을 맡았으니 자랑스럽게 생각해야겠지만, 사실은 보석 요정을 하고 싶었다. 보석 요정은 하얗거나 핑크색의 귀여운 튀튀(발레리나가 입는 옷)를 입었기 때문이다. 게다가 알라딘은 다섯 명이나 되었는데, 내가 연기한 것은 동굴에 갇혀 울면서 램프를 문지르며 "제발 살려 주세요!" 하고 울부짖는 장면으로, 그의 인생 중에서도 가장 꼴불견인 순간이었다. 게다가 램프의 요정도 다섯 명이나 되어서 나는 마법 양탄자로 갈아타고는 그들이 만든 흥겨운 무대를 뒤로하고 무대 뒤로 사라져야 했다. 창피하기 그지없었다.

초등학교 1학년 때 카이로에 가게 되었다. 일본인 학교였지만 학예회가 있어서 거기서도 연기를 했다.

1학년 때에는 <빨강, 하양, 노랑, 파랑>이라는 연극을 했다. 각각의 색이 자신의 색이 지닌 장점을 노래하며 겨루는 내용이다. 어떻게 보면 '배틀'처럼 보이기도 하는 이 연극은 관객 입장에서는 아마 좀 시시하지 않았을까 싶다.

결론은 모두의 예상대로 '각각 다 나름대로 좋은 색, 모두 필요하다!' 이렇게 마무리되는 이야기였다. 나는 순간 '그럼 이 네 가지 색에 속하지 않은 다른 색들은 어떻게 되는 거지?' 하는 생각이 들었지만, 아무튼 역할을 맡은 이상 성실하게 전력을 다해 연기했다.

나는 빨강이었다.

"빨강, 빨강, 빨간색, 타오르는 불꽃색 빨강, 반짝이며 떠오르는 아침 해는 빨강, 빨강, 플레이, 플레이, 빨강!"

빨간 깃발을 흔들면서 노래했지만, 나는 사실 빨간색은 좋아하지 않았다.

2학년 때는 연극을 하지 않고 무대에 올라가 반 아이들 전원이 함께 구구단을 노래했다. 반 인원 전체라고 해봐야 아홉 명밖에 안 되는 탓에 뭔가 부족한 느낌이 들었다. 가능한 연극도 한정되어 있었다.

아무리 그래도, 역시 자신의 아이가 무대에서 고작 구구단 노래만 부르는 건 부모님 입장에서는 분명 실망스러웠을 것 같다. 게다가 구구단 5단 부분을 부른 사카모토라는 남자아이가 너무 느긋하게 노래를 부르는 바람에 멜로디가 늦어져서 속으로 '좀 더 빨리!' 하면서 마음을 졸였던 기억이 난다.

3학년 때는 〈6인의 도둑〉이라는 연극을 했다. 나는 도둑 역할이었다.

카이로의 학교는 무대 도구 같은 게 빈약해서 의상은 기본적으로 스스로 준비해야 했다. 그때 다른 도둑 역할의 아이들은 검은색 혹은 회색 의상을 준비해 왔는데, 나는 무슨 생각에선지 아래위로 핑크색 운동복을 입었다. 그것도 엷은 분홍색이 아니라 눈에 확 띄는 '핫핑크' 색이었다.

당시 함께 도둑 역할을 했던 아다치라는 친구는 지금까지도 "그때 왜 그런 색 옷을 입고 왔니?" 하고 묻는다. 그러게, 왜 그랬지? 나도 모르겠다.

4학년 때에는 우주인 역할이었다.

역에 대해 설명을 해 보자면, 막 전학을 온 상태라 아무 말도 하지 않고 고개조차 끄덕이지 않는 캐릭터였다. 그러다가 "저 애는 좀 이상해"라는 말을 들으면 사라져서 목소리만으로 모두에게 메시지를 읽어 준다. "나는 실은 우주인으로……." 이런 식이었다. 이게 뭐야? 전반부는 대사가 전혀 없었고 후반부에 나오는 긴 대사는 무대 뒤에서 대본을 보고 읽으면 되기 때문에 굉장히 편한 역할이었다. 하지만 너무 편했던 탓인지, 그 연극의 제목조차 기억나지 않는다. 역시 인간은 뭔가를 남기고 싶으면 고생을 해야 하는 법이다.

5학년 때 일본으로 돌아왔지만, 그 이후 연극에서 뭔가를 연기한 경험은 없다. 학예회 같은 것은 더 이상 없었고, 나는 연극부에도 들어가지 않았으니까.

하지만 내 기억으로는 일상에서 나는 항상 무엇인가를 연기하고 있었다.

예를 들어 부모님한테는 언제나 '어린아이'인 척 연기를 했다.

사춘기에 들어서고 거의 동시에 반항기가 시작되면서 "이제 난 어린애가 아니야! 그냥 좀 내버려 둬!" 이렇게 의사 표시를 하는 동급생이 늘어났지만, 나는 그렇지 않았다. 부모님에게 반항하고 싶은 마음도 없었고, 아니 그러기는커녕 좋아하는 밴드 CD를 방에서 듣거나 색깔 있는 립스틱을 바르는 내 모습을 보고는 부모님이 '저 애도 점점 어른이 되어 가는구나' 하고 생각하게 되는 게 싫었다. 그래서 나는 되도록 '그런 짓'을 숨겼다. 부모님 앞에서는 언제나 어린아이이고 싶었다. 응석을 부리고 싶었던 것이다.

그런 생각은 비단 사춘기에 한정된 이야기가 아니었다. 초등학생 때 동물원에서 야외 수업을 하면서 기린을 그린 적이 있다. 나는 그림에는 자신이 있었기 때문에 사실은 굉장히 정밀한 기린을 그리고 싶었지만, 그렇게 그리면 '아이답지 않다'고 생각할까 봐 일부러 크고 거칠고 역동적으로 그렸다. 그러면서도 이런 식으로 잔머리를 굴려 작전을 세우는 나 자신이 싫었다. 선생님에게 그 그림을 칭찬받았을 때는 더욱 싫었다. 나 자신의 비겁함이 이 세상에 받아들여지는 느낌이 들어 끔찍했다.

어린아이처럼 행동하는 건 지금도 마찬가지다. 부모님한테는 이제 그러지 않지만, 예를 들어 시골에 가서 40년 동안 딸기만 재배하고 계시는 할아버지와 만나면 다시 그 버릇이 나온다. 할아버지가 밭에서 막 따온 딸기를 입 안 가득히 물었을 때, 나 자신의 외견상 이미지는 바로 '하이디'다.

"와아! 할아버지, 너무너무 맛있어요!"

나는 서른네 살이다.

내 연기는 어린아이를 연기하는 게 다가 아니다. 심각한 이야기를 가져온 사람에게는 세상 이치를 깨우친 듯한 어른 행세를 한다. 당신이 바로 '나'를 의논 상대로 선택한 건 틀리지 않았다. 이렇게 이야기하듯 아주 적절한 타이밍에 맞장구를 치거나 '좋은 이야기'를 해준다. 목소리도 약간 낮게 깔려고 노력한다. 그렇게 하는 편이 더 설득력이 있다고 어디선가 들었기 때문이다.

뭐든 잘 주워 주는 친구 앞에서는 뭔가를 질질 흘리고 다니고, 어쩐지 칠칠맞지 못한 사람들이 주위에 그득할 때에는 철저하게 똑 부러진 성격이 나온다. 남자친구 앞에서는 가장 아름답고 귀여운 여자였으면 좋겠고, 편집자나 업계의 높은 사람들 앞에서는 머리 좋은 사람으로 기억되길 바란다.

'연기하고 있다'는 자각도 없이, 나는 항상 내 앞에 있는 사람에 따라 각기 다르게 나 자신을 나눠 사용하고 있다.

그럼 이제 술자리 이야기로 들어가 보겠다.

아이고, 이제야 본론으로 들어가는 건가. 서설이 너무 길잖아! 그렇게 생각할지도 모르지만, 앞에서 주절주절 길게도 늘어놓은 '연기' 이야기는 술자리에서의 태도와 커다란 관계가 있기 때문에 생략할 수가 없었다.

모두들 술에 취하면 여러 가지 양상을 보여 준다. 가장 흔한 것은 실실대고 한없이 웃는 유형. 그리고 미친 듯이 기분이 좋아진 탓에 갑자기 배짱이 두둑해져서 어떤 행동도 거침없이 하는 유형. 배짱이 두둑해진다고 해도 만취 상태에서의 배짱은 보통 삐딱한 방향으로 흘러가기 마련이라, 아무나 붙잡고 싸움을 거는 골치 아픈 사람도 있고 배짱이 두둑해지는 것과는 전혀 관계없이 무조건 폭력적으로 변하는 사람도 있다. 말하자면 '개'가 되는 그런 사람이다.

반대의 유형은 계속 우는 사람. 상대방도 취해 있는 상태니까 이 사람이 언제부터 자기 얘기를 하다가 울기 시작했는지 알 길은 없지만, 정신이 들고 보면 어릴 적 힘들었던 일이나 헤어진 연인 이야기를 하면서 훌쩍훌쩍 우는 타입이다.

설교하는 사람도 있다. 뭔지는 모르겠지만 언제나 설교의 일종, 아니 전혀 설교라고 부르기도 뭐한 이야기로 별것 아닌 꼬투리를 잡고 늘어져서는 "넌 그래서 안 되는 거야!" 하고 소리를 지른다. 하지만 여기서 포인트는 단순하게 계속 화만 내는 건 아니라는 데 있다. '그런 네가 불안해서 내가 널 내버려 둘 수가 없어. 다

널 생각해서 하는 말이야.' 이런 태도를 무너뜨리지 않는다고나 할까. 그중에는 거기서 더 나아가 연애하자고 꼬여 대는 대담한 놈팡이도 있다. 물론 이런 유혹은 십중팔구 실패로 돌아간다. 왜냐고? 짜증 나니까.

이렇듯 만취의 행태는 사람마다 다 다르다. 각자 개성이 넘친다. 하지만 과연 그게 다일까? 나는 술을 마시면 나도 모르는 사이에 뇌가 '연기해라!'라고 명령하는 게 아닌가 하는 생각을 하곤 한다.

'네가 취하는 경향은 이렇다. 그러니까 이렇게 해라.' 이런 식으로.

'솔직히 무의식 수준에서 이야기를 해 보자면 성격도 그렇고, 어차피 모든 게 뇌가 명령하는 거 아닌가?' 이렇게 생각할 수도 있겠지만, 나는 특히 '술이 들어가는' 행위에 의해 그것이 더 현저해지는 게 아닌가 하는 생각이 든다. 말하자면 발레 무용수로 치자면 토슈즈를 신은 순간, 가부키 배우로 치자면 얼굴에 하얀 분장을 칠한 순간. 술을 마시는 행위는 그처럼 '무대로 올라가기 전의 스위치'로 작동한다는 것이다.

울고 웃고 개가 되는 사람도, 설교쟁이가 되는 사람도 술 취한 김에 여자를 꼬이는 인간도, 그 버릇으로 인해 지금까지 엄청난 실수를 되풀이해 왔을 게 틀림없다.

어쩌면 주사 때문에 친구 관계가 소원해지거나, 더 나아가 친구 자체를 잃어버린 사람도 있을지 모른다.
이번에는 절대 취하지 말아야지. 아니, 취해도 정도껏 취해야지. 이렇게 다짐하고 또 다짐해도 다시 '스위치'가 켜지면 '우는 나' 혹은 '화내는 나', '설교하고, 그것도 모자라서 이성에게 작업을 거는 나'의 모습이 무대에 서 있는 것이다.
그런 연기는 절대 하고 싶지 않다며 의지를 강하게 다져 보지만, 어찌 된 일인지 이 '술'이라는 스위치는 무서울 정도로 강력해서 우리의 등을 떠밀어 결국은 무대에 세우고 만다. 말하자면 명매니저, 그리고 악마다.
그렇다면 대체 각자가 연기하는 '각기 다른 유형'은 어디서 결정되는 걸까.
옛날에 지인으로부터 이런 이야기를 들은 적이 있다. 취하는 방식은 처음으로 취했을 때 결정되는 것 같다고. 정확하게 말하면 처음으로 취했을 때라기보다는 만취해서 주사를 부렸을 때겠지만.
가장 흔한 건 웃는 경우다. 기분이 두둥실 올라가 즐거워지는 것은 알코올의 가장 일반적인 효능이기 때문이다. 술은 대체로 즐겁게 마시는 편이다. 만취해도 어쩐지 즐겁다는 느낌을 받는 사람이 많다. 그 기억이 뇌에 남아 있기 때문에, 영리한 뇌는 알코올이라는 스위치가 켜질 때마다 일부러 그 기억의 서랍을 열어 주는 것이다.

하지만 처음 만취했던 기억이 실연했을 때였다거나, 뭔가 굉장히 화가 나는 일이 있었다거나, 누군가가 자신에게 크게 실수를 했을 때라면, 또 그 기억이 강렬하면 강렬할수록 뇌는 그 서랍을 확실하게 여는 모양이다.

그렇구나. 일리가 있는 말이다.

그러고 보니 보통 사람들이 울거나 화내거나 설교하거나 작업을 거는 행동은 많은 경우 만취했을 때 일어난다. 자기 자신을 잃어버릴 정도가 아니면 연기가 제대로 나오지 않기 때문이다.

문제는 '연기'가 딱 한 가지 유형만 가능하다는 데 있다. 예를 들어 일반적인 연기라면 '컷!'이라는 말이 떨어지면 울다가도 바로 그칠 수 있고, 또 일상의 연기에서라면 '어라? 여기서 이건 좀 이상한데?' 이런 생각이 드는 순간 방향 전환을 할 수가 있다.

하지만 만취 스위치가 켜진 상태에서 우는 사람은 어떤 상황에서든 계속 울기만 한다. 재미있는 이야기를 해도 어느새 울고 있고, 심지어는 가게 점원을 보고는 '이런 시간까지 일을 하다니, 너무 불쌍해……' 이러면서 또 운다. '울어!' 하고 뇌가 명령하고 있기 때문이다. '어떤 상황에 처하더라도 연기해야 연기자지!' 하고 무섭게 다그치고 있기 때문이다. 아무리 다른 사람에게 피해가 가도, 아무리 사람들이 째려봐도 '우는' 연기가 부과된 이상, 그는 울 수밖에 없다.

진짜 배우들 중에도 작품이 끝난 후 그 역할에서 빠져나오지 못해 고생하는 배우가 있다. 보통 빙의형, 천재형 배우가 그렇다. 말하자면 앞에서 말한 우는 사람이나 화내는 사람, 설교하는 사람은 천재형 배우인 셈이다!

무리다.

이렇게까지 써 놓았지만, 역시 무리가 있다.

천재형 배우라니……. 단지 주사가 심한 민폐형 인간일 뿐인데.

하지만 그렇게라도 포장하지 않으면 안 되는 이유가 있다.

왜냐하면 나도 실은 다른 사람들로부터 "어째서 그렇게 될 줄 알면서도 그쯤에서 그만두지 못하는 거야!" 하고 자주 혼나기 때문이다.

"그때 그건 내가 아니야. 내가 연기한 다른 사람이라

니까."

그럴 때마다 마치 대배우처럼 당연하다는 듯 잘난 척 하며 변명이라도 늘어놓지 않으면, 아니 적어도 그런 식으로 생각하지 않으면 너무 힘들기 때문이다. 살아갈 수 없기 때문이다.

나의 경우에는 대개 즐거운 술일 경우가 많다고 생각한다. (나랑 술 마시는 사람이 이 에세이를 제발 읽지 않기를.) 하지만 즐거움이 지나쳐서 적정한 범위를 넘어서면 사람을 불러 놓고 그냥 돌아가거나 어디선가 무엇인가를 강타하거나, 여러 가지 것들을 잃어버리는 등 다양한 짓들을 하는 모양이다. 언제나 나중에 크게 후회하게 되는 일들뿐.

그 외에는 아까 언급한 적이 있는 그것, 갑자기 대범해져서는 생각지도 못한 말을 해 버리거나 한다. 이것이야말로 두고두고 가장 나를 힘들게 한다. 종종 그 말을 들은 당사자한테 "그렇지. 너 그때 그렇게 말했잖아" 이런 말을 듣는데, 그래서 나더러 뭘 어쩌라고.

뭐랄까, 그 자리의 분위기랄까 그런 것 때문에…… 그런 대사가 나온 것뿐이라니깐…….

술을 마시지 않는 사람이나 '적당히' 취하는 사람은 자주 이런 말을 한다.

"취했을 때 한 말, 그거 다 진짜지?"

그러면서 화를 낸다.

"그때 네가 내 이마가 납작하니까 변태랬지. 네가 평소에 그렇게 생각하고 있었으니까 나온 말이잖아. 그런 게 본심 아냐?"

그건…… 그때 내 매니저가 그 자리의 분위기를 띄우는 역할을 나한테 주었기 때문에 어쩔 수 없이……. 그러니까 저기 그, 그 말을 한 건 내가 아니라 내가 연기한 다른 사람, 다른 누군가라고!

여배우란 존재는, 참 힘들구나……. 사람들이 내가 연기한 캐릭터를 종종 진짜로 착각해 버리니까.

'그럼, 술을 마시지 않으면 되잖아!'

뭐라고? 잠깐만.

발레리나도 그렇고, 가부키 배우도 그렇고, 그들에게 무대란 인생 그 자체거든? 신성한 토슈즈를 버리고 나면, 그때부터 나는 내가 아니게 된다고.

이럴 줄 알았다. 결국은 이렇게 많은 사람들에게 사과를 하지 않으면 안 되는 결과로 치닫게 될 줄 알았다. 그중에서도 발레리나와 가부키 배우에게 가장 많이 사과해야 될 것 같다. 정말 죄송합니다.

혼자 술을 마시는 이유

야마자키 나오코라 山崎ナオコーラ

1978년 후쿠오카 출생. 고쿠가쿠인대학을 졸업하고 2004년 《타인의 섹스를 비웃지 마라》로 문예상을 수상하며 데뷔했다. 소설로 《가발 미용실 2호점》 《논리와 감성은 상반되지 않는다》 《긴 마지막이 시작된다》 《남자와 점과 선》 《니키의 굴욕》 《내 안의 남자아이》 등이 있다. 에세이집으로 《손가락 끝에서 나오는 소다》 《남자 친구들을 만들자》가 있다.

최근에 친해진 사람이 있다. 4, 5년 전부터 알던 사람이지만 요 1, 2년 동안 함께 미술관에 다니거나 산책을 하거나 하는 사이에 거리가 확 좁혀졌다.

돈이 없는 남자로, 다다미가 깔려 있는 낡고 좁은 아파트에서 산다. 1층이라 차도에서 바로 진입할 수 있는 집이다.

친해진 다음에는 새벽 2시에 전화를 걸어도 바로 전화를 받아 "전화 기다렸어" 하면서 상냥하게 말해 주고, 택시를 타고 가면 바로 문을 열며 환영해 준다. 처음에는 전화 거는 게 영 어색하고 용기가 나지 않았다. 그래서 좀처럼 전화를 거는 일이 없었는데, 작년부터 혼자서 바에 가게 되면서 김렛을 마신 다음 술기운을 빌려 전화를 걸 수 있게 됐다. 두 번 정도 전화를 했다. 새벽 2시에 전화를 하는 건 정말 실례되는 일이라며 항상 반성을 했지만, 결국 세 번째 전화까지 하게 됐다.

그런데 세 번째는 받지 않았다. 내가 싫어졌을지도 몰라, 아니면 자고 있는 걸지도. 그런 생각을 하면서 그날은 택시를 타고 그대로 집으로 돌아갔다. 그리고 집에 도착한 후 바로 잠옷으로 갈아입고 곤히 잠이 들었다.

다음 날 휴대전화를 보니 한밤중에 메시지가 두 개 정

도 남겨져 있었다. 그중에는 "괜찮아?" 이런 메시지도 있다. 아, 실례라기보다도 걱정을 끼쳤던 거였어. 이러면 안 되겠구나. 그날 밤 그 남자의 일이 끝날 즈음에 맞춰 전화를 걸어서 무례를 사과했다.

그랬더니 남자는 이렇게 말한다.

선잠이 들어 벨소리를 못 들었는데, 나중에 전화 온 걸 알고 나서는 일어나 있으려고 노력했다. 그런데 전화를 다시 걸어 봐도 받지 않으니까 걱정이 되더라. 하지만 졸려서 일단 이불 속으로 들어갔다. 다만 집으로 올지도 모른다는 생각에 현관 자물쇠를 열어 놓고 잤다.

"뭐? 자물쇠를 안 걸고 잤다고?"

내가 놀라서 묻자 "집에 딱히 가져갈 물건이 있는 것도 아니고, 이런 집을 노리는 도둑은 없어. 그것보다 그런 걸로 사과하지 마. 다시 편하게 전화해 줬으면 좋겠어. 한밤중이라도 상관없으니까" 하고 남자는 말한다.

도둑맞을 물건이 없다는 건 외관만 보고 알 수 있는 것도 아니고, 1층인 그의 집은 마음만 먹으면 누구든 들어올 수 있다. 도둑 정도가 아니라 강도가 들 수도 있다. 다 내 탓이다.

나 때문에 강도라도 들면 큰일이기 때문에 더 이상 전

화를 하지 않기로 했다.
그런데 왜 내가 바에서 혼자 김렛을 마시느냐 하면, 그 이유는 이렇다.
혼자서 무거운 문을 열고 싶기 때문에.
그리고 스스로 돈을 지불하고 싶기 때문에.

나는 3년 전에 서른 살이 되었고, 그때부터 '나는 이대로 계속 혼자서 살아가야 할지도 몰라'라는 생각을 하게 되었다. 물론 직장 동료나 친구들에게 신세를 지기도 하고 상점가 점원들이나 철도회사 사원들의 도움도 받으면서 생활하거나 외출하기 때문에 전혀 고독하지는 않다. 다만 이른바 '결혼'이나 '출산'과는 인연이 없을지도 모른다고 느끼게 되었다는 뜻이다. 나는 인간적인 매력을 갖추지 못했고, 또한 사람들과 관계를 맺는 일에 서툴렀다.
본래 나는 성격이 강하지 못하다. 낯도 심하게 가린다. 좀 별난 필명으로 일을 하는 덕분에 독자들은 나를 호쾌한 캐릭터로 상상하는 일도 많은 것 같지만 실제로는 풍모, 성격, 모두 다 굉장히 소심하다.
초등학생 때만 보더라도, 나는 반에서 가장 얌전하고 교실에서는 전혀 떠들지 않는 아이였다. 공부는 제법

하는 편이어서 학교 다니는 게 힘들거나 하지는 않았지만, 친구를 사귀어야겠다는 욕구가 상대적으로 희박했다. 머릿속으로 공상을 하거나 독서를 하는 것만 가능하면 충분했기 때문에 '쭉 이런 식으로 지내면 참 좋을 텐데' 하는 생각을 하곤 했다. 사회생활을 한다는 것은 생각도 안 해 봤기 때문에 어른이 되는 게 무서웠다. 그리고 중학생이 되고 나서는 스티븐 호킹 박사의 이론에 빠져 우주에 대해서 생각하는 일만으로도 머리가 터질 것 같았다. 그런 이유로 초등학교 3학년 때부터 계속 다녔던 학원을 중학교 2학년 때 그만둬 버렸고, 그때부터 성적이 떨어졌다. 고등학교는 제3지망, 대학은 제7지망으로 들어갔다. 독서는 항상 좋아했기 때문에 대학교 4학년 때부터 소설을 쓰기 시작했다. 그 후에도 회사를 다니면서 계속 글을 썼고, 스물여섯 살에 작가로 데뷔했다.

그때는 책의 세계만 생각하면 된다고 여기고는 한시름 놨다. 그런데 실제로는 작가라는 직업도 인간관계 없이는 불가능한 것이었다. 편집자도 만나야 하고 작품 발표 후에는 일면식도 없는 사람들한테 이러쿵저러쿵 말을 듣는 것도 참아야 한다. 그중에는 이유 없는 비난이나 중상모략도 포함되어 있다. 오히려 어릴 때보다 더 자주 사람들과 교유하지 않으면 안 되었다. 힘든 생활이 시작되었다.

나는 어느새 '의심병'이 생겼다. 편집자, 친구 할 것 없이 모두가 뒤에서 내 욕을 하지 않을까. 그런 생각을 하게 됐다. 또한 좀처럼 속내를 털어놓을 수가 없어서 새로운 사람과 친해지기가 너무나 힘들었다. 한마디로 타인이 무서웠다.

그러한 상황이었기 때문에, 결혼이나 출산은 도저히 불가능하다는 생각을 하게 된 것이다. 마침 그 당시 세간에는 '결혼 활동', '30대 전후 여성'이라는 단어가 유행하기 시작했다. 내가 어릴 때만 하더라도 오히려 '결혼하지 않고 사는 여자'가 멋있는 것처럼 TV나 잡지에서 떠들었던 걸로 기억하는데, 긴 불황을 거치면서 사람들은 결혼으로 대표되는 연대를 중시하게끔 변해 버린 모양이었다. 30대 전후의 사람은 결혼 활동에 전념하여 장래를 준비해야 한다는 생각이 주류가 되어 버린 것이다. 나에겐 불가능한 것처럼 느껴지긴 하지만 그래도 모두가 착착 결혼을 하는 모습을 옆에서 보고 있노라면, 나도 일단 노력이라도 해 봐야 하는 걸까, 그런 의문이 퐁퐁 솟아나곤 했다.

그러던 어느 날, 친구가 공무원 남성을 소개해 줬다.

친구 커플과 네 명이서 식사를 했다. 소개받은 사람은 세간에서 말하는 이른바 좋은 대학 출신의 남자로 성격이 온화해 보였다. 다음에는 따로 만나자고 해서 두 번째는 단둘이 만났다. 그 사람은 고급 일식 요리를 대접해 주었고 일이나 결혼에 대해 이야기했다. 경쟁이 싫어서 공무원을 선택했다는 말, 일 자체는 그다지 재미있지 않으나 수입이 있으니 그걸로 취미를 즐길 수 있어서 괜찮다는 말, 부모님이 걱정하셔서 결혼을 생각하게 되었다는 말. 나는 그런 이야기를 들으면서 점점 말이 없어졌다. 대화가 전혀 진행되지 않은 채 고급 바로 이동하게 되었다. 그는 바의 문을 열어 주었다. 나는 칵테일의 이름을 전혀 알지 못했다. 그래서 "약한 걸로" 달라고 주문했다. 숨이 턱턱 막히는 갑갑한 실내에서 술을 한 잔 마시고는 그 사람과 헤어졌다. 그리고 전차를 탔다.

나는 경쟁하면서 일을 하고 있고, 딱히 부모님은 안심시키지 않아도 된다. 그런 마음이 강하게 솟아올랐다.

나는 친구들이나 소개받은 사람과는 인생에 대한 생각이 다른 것일지도 모른다.

결혼은 하지 않아도 된다.

돈은 스스로 벌 것이고, 나 자신의 식사비나 술값은

스스로 지불하고 싶다.
여행은 내 손으로 직접 알아보면서 다니고 싶고, 바의 문은 내 손으로 직접 열고 싶다.
연대를 찬미하는 시류 속에서 세상에 역행하는 삶의 방식이 된다 해도 상관없다.
이것이 바로 나다. 자기 인식을 다시 해 본다. 전차에서 내려 집까지 좀 걸었다. 그때 문득 '나는 아직 더 마실 수 있다'는 생각이 들었다. 내 몸에는 원래 알코올에 대한 내성이 잘 자리 잡혀 있다. 혼자서 마셔 볼까? 갑자기 든 생각이었다. 그때까지 나는 밖에 나가 혼자 술을 마셔 본 적이 없었다. 혼자 살기 시작했을 즈음에 집에서 캔맥주를 따 본 적은 있지만 어쩐지 쓸쓸한 느낌이 들기도 하고 일하는 데 방해가 되는 것 같아서 냉장고에 술은 넣어 두지 않기로 정해 놓고 있었다. 술을 마신다는 것에 대해 뭐랄까, 묘한 죄책감 같은 것도 있는 데다 타락하는 것이 무서워서 가능한 한 술과는 거리를 두려고 노력하고 있었던 것이다. 하지만 가끔씩 일상에서 탈출하고 싶어질 때가 있는데, 그때 몸이 알코올을 원한다. 그럴 때 반드시 그 기분을 참는 것만이 능사는 아니지 않을까, 하고 나는 급하게 생각했다. 친구나 연인이 없다 해도 마셔도 괜찮지 않을까.

지금 술을 마시고 싶은 이유는 쓸쓸해서가 아니라 자립에 대한 욕망 때문이다. 오늘은 마셔도 괜찮을 것 같은 기분이 들었다.
지금까지 몇 번이나 그 앞을 지나가면서도 결코 그 문을 열어 본 적이 없었던 어느 바의 문 앞에 가서, 나는 섰다. 들어갈 용기가 좀처럼 나지 않아 잠시 그 근처를 배회했다. 그리고 다시 마음을 먹고 문을 밀었다. 상상했던 것보다 굉장히 묵직한 문이었다.
이른바 '정통 바'라는 곳에는 메뉴가 없다.
나는 그런 것을 알지 못했다. 자리에 앉은 후 조금 기다렸더니 "여기는 메뉴가 없습니다만, 어떤 게 좋으신가요?" 하고 바텐더가 상냥하게 물어 왔다. 머리카락을 뒤로 단정하게 묶고 나비넥타이를 매고 있다.
"그럼, 독한 걸로 부탁합니다."
나는 내 나름대로 룰을 만들어 낮은 목소리로 그렇게 말했다.
"알겠습니다."
바텐더는 셰이커를 흔들더니 다리가 달린 유리잔에 투명한 액체를 따른 후 잔의 다리 쪽을 손가락으로 집어 내 앞으로 스윽 밀어 준다.
나는 잔을 비우고 가게를 나섰다.

그런데 기분이 무척 좋았다. 굉장히 기뻤다. 스스로 문을 밀고 들어갔던 것, 스스로 주문을 할 수 있었던 것, 스스로 계산을 끝냈던 것. 내 안의 깊은 곳에서 기쁨이 퐁퐁 솟아 나왔다. 이 기쁨은 처음으로 혼자 해외여행을 했을 때의 기분과 매우 흡사했다.

그 뒤로 나는 바에 대해 써 놓은 잡지나 서적을 구매하여 공부하게 되었다. 칵테일의 종류, 위스키의 종류, 쇼트와 롱 드링크, 멋있는 대화, 제대로 된 바의 사용법 등을 대충은 알게 되었다.

그리고 긴자, 신주쿠 산초메, 아오야마, 롯폰기로 발길을 넓혀 갔다. 새로운 바에 가면 언제나 긴장한다. 바 앞에 가도 좀처럼 용기가 나지 않아 잠시 동안 주위를 산책하고 다시 한 번 바 앞에 서서 문에 손을 댄다. 그런데도 좀처럼 문을 밀 수가 없으면 다시 한 번 산책을 하고, 이번에는 문 앞에 멈춰 서지 않고 그대로 '에잇' 하면서 문을 민다. 땅거미가 조금씩 깔리는 어스름한 시간, 나는 그렇게 가게 안으로 발을 들여놓는다.

등줄기를 죽 펴고 가게 안으로 들어가서 묵직한 분위기의 바 카운터에 앉아 "김렛으로" 하고 주문한다.

나는 처음 가는 바에서는 "김렛으로", 위스키라면 "쿨

일라를 스트레이트로" 하고 말하기로 정해 놓았다. 나 자신에게 힘을 북돋워 주기 위해서다. 그러고는 폼을 잡으며 바에는 익숙하다는 얼굴을 한다.

김렛을 주문하면 "좋아하는 진이 있으신가요?" 하고 묻는 사람이 있는데, 그것에 대해서는 아직 멋진 대답을 준비해 놓지 못했다. 진의 종류는 앞으로 배우려고 생각 중이다.

두 잔째에는 바텐더가 바쁘지 않은 때를 노려 말을 붙인다. 단골손님인 듯한 사람들이 항상 주문하면서 "이따 안 바쁠 때"라는 말을 덧붙이는 걸 본 뒤로는 그렇게 하는 게 멋있어 보여서 흉내 내고 있다. 혼자서 가게를 맡고 있는 바텐더는 대화를 하고, 셰이커를 흔들고, 주문을 받고, 계산을 하고, 잔을 씻고, 또 잔을 마른행주로 닦으며 시계태엽 장치처럼 쉬지 않고 움직인다. 게다가 그 동작 하나하나가 마치 가부키처럼 운치가 있다. 그 움직임이 멈추지 않도록 조심하면서 타이밍 좋게 주문을 했을 때 '아, 나도 이제 좋은 손님이 되었을지도' 하고 생각하게 되는 것이다.

그리고 너무 오래 머물지 않고 돌아간다. 이것은 바에 관한 책에 "빨리 돌아가는 게 멋있다"라고 쓰여 있었기 때문이다. 두세 잔을 가볍게 마시고는 30분 정도만 머무르다 가게를 나온다. 바텐더와 대화를 하더라도 일상생활에 대한 이야기는 하지 않는다. 적절하게 잡담을 한다. 이쪽의 정보를 무리하게 전달하지 않고, 또 상대방에 대해 탐색하지 않는다.

이런 일들을 몇 번 정도 반복하는 사이에 일상에 여유가 생긴 것 같아서 혹은 자립하여 살아갈 수 있는 용기가 생긴 것 같아서 사는 게 한결 더 편해졌다.

다만 이런 일에 집중하고 있는 건 어쩌면 시대에 역행하는 것일지도 모르겠구나, 하는 생각은 든다. 연대라든가 인연 같은 단어가 미화되고, 소박함과 절약이 미덕이 되는 이 시대에 혼자서 술을 마시고 돈을 낭비한다는 것은 그다지 세상 사람들에게 칭찬받을 일은 아닐 것이다.

하지만 내게는 이런 삶의 방식이 어울린다. 혼자서 뭔가를 한다는 자신감, 스스로 돈을 지불할 수 있다는 여유, 그것을 실감하는 순간 내 인생은 순조롭게 돌아가기 시작한다.

이처럼 '혼자서 어디든 갈 수 있다'는 자신감이 높아졌을 무렵, 나는 아까 말했던 남자와 미술관 순례와 산책을 하던 중에 친해지게 되었다.

내가 이 남자와 관계를 제대로 잘 쌓을 수 있었던 이유는 남자가 돈이 없는 사람이었기 때문일지도 모른다. 이 남자가 나에게 무엇인가를 대접해 준 적은 거의 없다. 따라서 상대에게 의지하는 관계로 발전되지 않고 끝날 수 있다.

하지만 그는 비록 수입이 좀 적긴 하지만 제대로 열심히 일을 하고 있다. 자신의 일에 긍지를 가지고 매일매일 일을 하고 있다. 나에게는 이 일밖에 없다, 이런 생각을 가지고 있다. 욕심은 없다. 자신의 생활에 만족하고 있다. 그리고 필사적으로 사회에 참여하고 있다.

또한 부모님으로부터 독립했다는 점도 좋았다. 결혼해서 부모님을 기쁘게 해 드려야지, 안심시켜야지, 이런 욕구도 없다. 결혼은 철저히 자신을 위해 하는 것이라고 생각한다.

그런 점들 때문에 나는 그를 편하게 느꼈던 것이다.

다만 안타까운 점은 그 남자가 술을 잘 못 마신다는 것. 그래서 우리는 함께 바에 간 적이 거의 없다.

하지만 올해 설날은 달랐다.

저녁 때 유시마텐진에 참배하러 갔더니 참배자 행렬이

길게 늘어서 있다. 그 기다란 줄 끝에 서서 추위에 떨며 차례를 기다린다. 참배를 끝내고 나무판을 사서 "멋진 소설을 쓰겠습니다"라고 적고는 나무에 매단다. 남자도 뭔가 바라는 것을 적는다. 그러고 나서 하늘을 쳐다보니 하늘이 무겁다. 금세 밤이 시작되었다.

전차를 타고 돌아가다가 이렇게 설날을 끝내는 게 뭔가 아쉬워졌다. 도쿄 역에서 전차를 갈아타려다가 플랫폼에서 갑자기 "일루미네이션 보러 갈까?" 하고 내가 제안했다.

"뭐? 지금 조명 축제 해?"

"아마도. 마루노우치 주변에서 매년 하니까"

"하지만 올해는 절전한다고 난린데. 할지 모르겠다."

"에코 전구로 하면 되지. 알아볼게."

나는 주머니에서 아이폰을 꺼내 검색을 해 봤다. 역시. 에코 일루미네이션 정보가 뜬다.

"좋았어. 가 보자."

남자는 개찰구를 빠져나왔다. 나도 그 뒤를 쫓는다.

조도를 낮춰 예년보다 몽롱해진 일루미네이션이 길을 감싸고 있다. 엄숙한 기분이 된다.

주위는 적막하다. 브랜드숍들은 문을 닫았고, 공기는 청정하고, 기온은 낮다.

머플러에 얼굴을 묻고 아무 말 없이 길을 걸었다.

"이대로 이 거리를 똑바로 걸어가면 제국호텔이 나올지도 몰라."

"그래?"

"저기, 내가 살 테니까, 바에 잠깐 들르지 않을래?"

내가 제안했다. 신년이라는 이유로 기분이 들떠 있었다.

"응."

남자는 순순히 따라왔다.

"설날에도 하거든. 호텔이니까."

내가 중얼거렸다.

"그렇구나. 여행하는 사람들이 있으니까."

남자가 고개를 끄덕인다.

"달콤하고 약한 걸로 부탁합니다, 이렇게 바텐더에게 말하면 돼."

"응."

"오렌지 주스 좋아하지? 스크류드라이버는? 아니면 와인에 과일 담근 거 좋아해? 아메리칸 레모네이드는?"

나는 이것저것 일러 주기 시작했다. 왜냐하면 이 남자는 선술집에 가면 카시스 오렌지를 주문하고 이탈리안 레스토랑에 가면 상그리아를 마시는 남자이기 때문이다.

"알았어."

남자는 묘한 표정을 지으며 고개를 끄덕인다.

제국호텔에 도착해서는 "등을 쭉 펴고 당당하게 들어가는 게 좋아" 하고 내가 다시 남자에게 코치를 했다.

"그렇게 할게."

남자는 바로 등줄기를 똑바로 편다. 이 남자의 이렇게 순순한 면이 나는 좋다.

로비를 지나고 계단을 올라 올드 임페리얼 바로 향한다.

그 안에는 서서 일하는 사람이 일곱 명 정도 있다. 모든 사람이 바텐더 역할을 하는 건지는 알 수 없다. 재킷을 받아 주는 사람과 계산만 하는 사람도 있다.

내가 평상시에 혼자서 가는 곳은 개인이 경영하는 조그만 바뿐이다. 호텔 바는 이때가 처음이었다. 하지만 그게 얼굴로 드러나지 않도록 주의하면서 평상시처럼 '저는 바에 익숙하답니다' 하고 말하는 듯한 여유로운 미소를 띠고 코트를 건넸다.

설날이어서 손님은 많지 않았지만 그래도 카운터에는 대여섯 명 정도의 손님이 있다. 다들 고급스러운 슈트와 나름대로 명품 원피스를 입고 있다.

자리에 앉으니 앞머리를 잘 손질한 젊은 바텐더가 메뉴를 보여 주려고 하길래, 그러기 전에 재빨리 "김렛으로" 하고 내가 주문했다.

"저는 스크류드라이버로" 하고 남자가 말한다.

마치 연극 같다. 나와 남자는 돈이 없어 보이는 복장을 하고 있다. 그렇다고 이 자리에 실례가 될 정도로 볼품없는 차림새는 아니다. 등줄기를 펴고 그 자리에 익숙한 것처럼 보이기만 하면 잘못될 일은 전혀 없다.

"진은 무엇으로 하시겠습니까?"

"알아서 해 주세요."

그랬더니 바텐더는 봄베이 사파이어를 가져와 술잔을 놓고는 칵테일을 만들기 시작했다. 내 마음 깊은 곳에서부터 즐거움이 퍼진다. 샹들리에 불빛을 받아 반짝이는 셰이커를 바라본다.

바텐더가 내 앞에 스윽 유리잔을 내민다.

카운터는 손끝마다 둥근 빛이 비치도록 세심하게 조명이 되어 있었다. 반짝이는 유리잔과 액체에 마음이 요동친다.

한 모금 마시자 남자의 맛이 입 안으로 퍼진다. 나는 예전부터 진이라는 술의 맛을 '남자의 맛'으로 인식하고 있었다. 남자 화장품의 맛과 비슷한 느낌일지도 모르겠다. 물론 남자 화장품을 마셔 본 적은 없지만, 아무튼 나는 '진' 하면 왠지 예전부터 멋지게 슈트를 차려 입은 남성의 이미지가 머릿속에 떠오른다.

남자는 스크류드라이버를 마신 다음, 바텐더에게 들리지 않도록 작은 소리로 "쓰다" 하고 중얼거렸다.

"뭐? 그것도 알코올이 강해?"

나는 놀랐다.

두 번째 잔을 주문하며 남자는 "뭔가 과일을 이용한 달콤한 것으로" 하고 말했고, 나는 "마티니를" 하고 말했다.

최근 읽은 재미있는 문고본 이야기, 작년에 본 단행본 중에서 가장 멋졌던 책 표지 이야기 등을 드문드문 떠들면서 천천히 알코올을 섭취한다. 점점 취하기 시작한다.

오늘은 평범한 날이 아니니까, 새로운 날이니까, 들뜨는 날이니까, 뭐 이런 기분이다. 말하자면 설날 기분을 만끽했다.

옆에 앉은 남자는 내가 즐거워하는 걸 보자 만족스러운 기색이었다. 결국 날 위해 따라와 준 거다. 그래서 오늘 나는 그에게 감사한다.

이제 더 이상 이 남자와 함께 바에 가는 일은 없을 것이다.
그건 어떤 특별한 생각이나 관념 때문이 아니다.
단지 나는 성격적으로 다른 사람에게 의지하거나 내 행동의 전반을 다른 사람과 공유하는 일이 서툴 뿐이다.
대부분의 다른 사람들은 누군가와 함께 외출하는 편이 더 좋을 거라고 생각한다. 왜냐면 그게 훨씬 더 행복할 테니까.
하지만 나는 다른 사람과 함께 있으면 행복해지지 않는다. 뒤에서 손가락질해도 괜찮다. 동의를 얻지 못해도 상관없다. 나는 스스로 문을 열고 싶고, 직접 돈을 지불하고 싶다. 그런 식으로 사는 게 좋다.
이 남자의 주위 사람들은 어쩌면 그런 나를 싫어할지도 모르겠다. 바에는 당연히 함께 가야 하는 거 아니야? 아마 이렇게 생각할지도 모른다. 나를 보고 차갑다며 혀를 내두를지도 모른다. 하지만 남자 본인은 이런 나를 납득하고 있고, 나를 이해해 준다.
나는 만일 남자와 가족이 된다 해도 바에는, 그리고 여행을 떠날 때는 혼자 갈 것이다.

술이 약한 종족 VS 술이 센 종족

미우라 시온 三浦しをん

1976년 도쿄 출생. 2006년 《마호로 역 다다 심부름집》으로 나오키상을, 2012년 《배를 엮다》로 서점대상을 수상했다. 소설로 《호시마상사주식회사 사사편찬실》《고구레빌라 연애소동》 등이 있고, 에세이집 《친구들이 부탁합니다》《기절 스파이럴》과 서평집 《서점에서 만날 약속》 등 다수의 저서가 있다.

술 이야기를 하는 건 힘들다. 스스로의 치부에 대해 이야기하는 거나 마찬가지이기 때문이다. 30대가 된 후에는 만취하면 기억을 잃어버리는 습관이 생겼다. 특히 맥주나 와인이나 소주 등을 마신 다음 마지막에 청주를 마시면 직방이다.

언젠가는 한밤중에 지인의 집에 쳐들어간 건지, 눈을 뜨자 지인의 집 침낭 속이었다. '큰일 났다, 또 사고 쳤구나' 하는 생각에 지인에게 자세한 사정을 물으니, 내가 집에 쳐들어간 게 아니라 길을 잃고 한밤중에 지인에게 전화를 거는 바람에 전혀 모르는 동네까지 지인이 택시를 타고 데리러 갔었다고 한다. 이건 더 나쁘잖아. 폐를 끼쳐도 분수가 있지. 그리고 지인의 집에 도착한 뒤에는 뱀처럼 바닥을 기면서 도망다니기에 할 수 없이 발을 묶어 놓기 위해 침낭에 넣어 두었다는 얘기다. 아, 정말로 죄송합니다.

뱀이라고 하니까 생각나는데, 변기를 수호하는 큰 뱀처럼 화장실 바닥에 똬리를 틀고 누워 있었던 적도 있다. 그것도 소변을 본 후 힘이 빠져서 그대로 뻗은 그 모양새로. 설상가상으로 하의는 벗겨져 있었다! (청바지와 팬티는 화장실 밖에 벗어 놓은 채였다.) 이때는 하의와 함께 그날 밤의 기억이 통째로 완벽하게 날아가 버린 탓에 눈을 뜬 순간 패닉에 빠졌다.
드라마나 만화에서는 기억상실에 걸린 인물이 '여기는 어디? 나는 누구?'라는 대사를 자주 말하는데, 실제로 기억을 잃어 보니 그런 논리적인 사고는 절대 불가능하다. 뭐가 어떻게 되었길래 화장실에서 하반신을 드러낸 채로 눈을 뜨는 지경에 이르렀는지 전후 사정을 전혀 알 수가 없어서, 머릿속은 아예 '※○95네×#%!?' 이런 느낌이다. 다음으로 생각나는 건 '여자에게 소중한 무언가를 잃어버린 건 아닐까' 하는 것. 하지만 엉덩이가 차가울 뿐 수상한 점은 발견되지 않았고 사회적 신용 이외에 더 이상 잃은 것은 없어 보였다. 아, 다행이다. 이거…… 다행인 거 맞나?
청주를 혼자서 한 병 다 마시고도 쌩쌩했던 어린 시절에는 '술 때문에 기억을 잃는다고? 말도 안 돼' 하고 생각했었다. 만취하여 택시 운전사를 때렸는데 기억이 나지 않는다거나 전차 안에서 성추행을 해 놓고 취해서 기억이 나지 않는다고 하는 사건이 보도될 때마다 '거짓말 마, 나쁜 놈! 다 기억나면서 뻥치고 있네!' 하면서 분개했다.
물론 나는 지금도 취했다는 이유로 저지른 말도 안 되는 행동들을 용서할 필요는 전혀 없다고 생각한다. 하지만 그래도 이제는 '술에 취해 기억이 안 난다'는 것이 언제나 변명만은 아니라는 것, 정말로 기억이 안 나는 경우도 있다는 것을 경험을 통해 알게 되었다. 나이를 먹어 감에 따라 술이 약해지는 대신 지혜를 하나 터득한 셈이다.

하지만 (실제의 나는) 아무리 나이를 먹었어도 '나는 아직 죽지 않았어. 별것도 아닌 어린애들한테 질쏘냐' 이러면서 술을 마시고 매일 밤 자기 주문을 외운다. '술은 정말 좋은 거야!'라고.

무엇보다 중요한 건 술맛을 알게 되면서 음식을 한층 더 맛있게 즐길 수 있게 되었다는 사실이다. 만일 내가 술맛을 알지 못했다면 짭짤한 안주들이나 어묵, 가마보코 같은 것들의 진정한 맛을 어쩌면 죽을 때까지 깨닫지 못했을지도 모른다고 진정으로 생각한다.

말투가 좀 이상해졌지만, 나는 결코 지금 취해서 주정하는 게 아니다. 다만 술에 대한 애정이 너무 지나친 것뿐이다.

생각해 보면, 음주와 비슷한 세월 동안 지속해 온 행동을 꼽으라면 독서 정도밖에 없는 것 같다. 독서 다음으로 좋아하는 게 음주라고 말해도 과언은 아니다.

'어? 그럼 스무 살이 된 다음부터 책을 읽기 시작한 건가?' 이런 의문을 갖는 당신. 거기서 생각을 멈춰 주길 바란다. 딱 거기까지.

실은 우리 엄마 쪽 가족, 즉 외가 쪽 사람들은 놀랍게도 모두 다 술을 못 마시는 체질이다. 하지만 아버지 쪽은 전원이 주당. 나는 어릴 때부터 아빠의 반주를 같이 맞춰 주며 자연스럽게 술을 배웠지만(착한 어린이는 절대 흉내 내지 말도록!) 남동생은 스스로 술에 손을 뻗은 적도 전혀 없거니와 혹시라도 누군가가 술을 권해서 마시더라도 맥주 두 잔이 한계라고 한다. 맥주 두 잔이라니! 그딴 건, 그냥 물이지!

당연히 '음주파'인 나에게 쏟아지는 엄마와 남동생의 시선은 차가웠다. 엄마는 특히 경멸의 정도를 넘어 딸의 몸가짐에 대해서도 걱정이 컸는지 "어젯밤에 전화했는데 안 들어왔더라. 또 술 마셨니?" 이렇게 묻곤 했다.

"아냐, 회의 끝나고 조금 마신 것뿐이야."

"조금이라니, 어느 정도?"

"생맥 두 잔 정도."

"('생맥'이란 단어를 이해하지 못한 느낌으로) 또 그렇게 많이 마시다니!"

엄마. 벌써 몇 번이나 말씀드렸지만 맥주 두 잔 정도면 솔직히 술 마시는 축에도 안 낀다니까 그러네. 정말로 물 마신 거랑 거의 마찬가지라니까요. 취하거나 기억을 잃거나 하는, 몸에 악영향을 끼치는 그런 주랑이랑은 전혀 관계가 없다고요.

설명하고 또 설명해도 '알코올=악마의 물'이란 공식을 굳게 믿고 있는 엄마에게 통할 리가 없다. 매실주를 한 모금만 마셔도 머리가 쿵쿵 울리고 세상이 빙글빙글 도는 엄마에겐 어쩌면 당연한 일이겠지.

하지만 술을 못 마시는 사람에게도 나름대로의 비애가 있는 법. 엄마는 술을 마시는 요령을 모르기 때문에 집에서 아빠랑 내가 술을 마셔도 옆에서 오로지 멀뚱멀뚱 쳐다보기만 할 뿐이다. 우리 몸 걱정을 그렇게 하면서도 희한하게도 중간에 물이나 차를 권할 줄도 모른다. 그러면 우리야 뭐 "상관없어" 하면서 오직 알코올만을 섭취하다가 취한다. 그러고는 엄마의 차가운 시선을 받는다. 그러니까 술을 못 마시는 사람의 감시 아래 술을 마신다는 것은 어떤 면에서는 오히려 위험할 수 있다. 주의가 필요하다.

얼마 전 우리 집안에서 술 못 마시는 사람 대 주당의 전쟁이 극에 달한 적이 있었다.

올해 아흔네 살이 되는 외할머니가 위독해지셨다. 친척 일동은 외할머니가 입원해 있는 노인시설에 연이어

도착했다.

외할머니는 예전에 연명장치를 거부한다고 말씀을 해 놓으신 상태였기 때문에, 산소마스크만 착용하고 있을 뿐 이미 의식이 없는 상태였다. 가끔씩 호흡이 거칠어졌지만 주무시는 것처럼 보일 정도로 거의 변화가 없는 상태다. 말을 걸어도 눈을 뜨지 않고 반응도 없다. 의사 선생님은 "유감스럽지만 아침까지도 힘들 것 같다"고 말씀하셨다. 반론을 해 보고 싶어도 문외한의 눈에도 외할머니는 지금 거의 돌아가신 상태나 마찬가지로 보였다.

비어 있는 병실을 빌려서 친척들 중 꼬마들은 저녁 도시락을 먹기 시작했다. 어른들도 외할머니의 병실과 우리가 빌린 병실을 교대로 왔다 갔다 하면서 외할머니의 곁을 지키거나 휴식을 취하거나 했다. 아이들은 아직 '죽음'이 뭔지 잘 모르기 때문에 밝은 목소리로 재잘거리고 있다. 나로 말하자면 '술 먹고 취했을 때 할머니한테도 보살핌을 받은 적이 있었는데……'라는 생각을 하고 있었다. 사실 나와 가까운 대부분의 사람들은 술병이 난 나를 한 번쯤은 보살핀 경험이 있었던 것이다.

절대 그걸 기다리고 싶지 않은데도, 죽음을 기다리는

일 말고는 다른 걸 할 수가 없는 기묘한 시간이었다. 이렇게 한가하면서도 아무것도 할 수 없는 착잡한 때에는 정신도 산만하고 한 잔쯤 걸치고 싶어지는 게 인지상정이다.

하지만 엄마와 외가 쪽 친척들은 모두 술을 아예 못 드시는 분들이다('지금 돌아가시려고 하는' 외할머니까지 포함해서). 다들 숙연하게 차만 홀짝이고 있다. 캔맥주 정도는 누군가 사 가지고 와도 좋으련만, 그런 발상이 통하는 자리가 아니다. 어쩔 수 없이 물만 엄청나게 들이켜면서 여기저기 뛰어다니는 꼬마들을 상대로 어찌어찌 시간을 보냈다.

그러다가 외할머니가 돌아가셨다. 장수하셨고 편안하게 돌아가신 편이었기에 슬퍼하는 와중에도 개운하고 밝은, 그런 기묘한 분위기의 장례식이었다.

문제는 장례식 둘째 날에 일어났다. 사찰의 안쪽 방에서 친지들만 모여 식사를 했다. 그곳에는 물론 맥주나 청주 같은 것들도 준비되어 있었다. 하지만 다들 술을 못하기 때문에 알코올 종류에는 눈길도 주지 않고 얌전히 차만 마시는 분위기였다.

말도 안 돼. 이렇게 슬픈 때일수록 술을 마셔서 분위기를 띄워야 하는 법이거늘.

나는 엄마의 차가운 시선을 피해 탁자에 놓여 있던 병 맥주를 내 앞으로 집합시켰다. 몽땅 다 내가 비워 주겠어. 그랬더니 저 구석에서 웅크리고 있던 음주 부대가 슬금슬금 하나둘씩 참가 의사를 표명했다. 우리 아빠, 이종사촌의 아내, 그리고 이종사촌의 남편 등등.

즉석으로 만들어진 음주 부대는 건투했다. 장례식 술이기 때문에 아무리 마셔도 바닥나지 않았고, 우리는 드디어 맥주뿐만 아니라 청주에도 손을 댔다.

그 기세는 멈출 줄을 몰랐다. 결국 날이 바뀌었을 때 한 손에는 염주, 다른 한 손에는 다 마시지 못한 병을 흔들며 "좋았어, 2차 가자고!" 하고 외치는 지경이 된 것이다. 엄마의 시선은 이미 빙점 이하까지 도달해 있었지만 아무래도 상관없었다. 외할머니는 생전에 "너는 술 마시는 거 하나는 남자 못지않다니까"라고 취한 나를 돌보면서 칭찬해(?) 주셨다. 그러니까 이 시점에서 내가 마시지 않으면 안 되는 거다. 내가 잘하는 걸 할머니에게 보여 드려야 한다고.

이종사촌의 아내와 나는 결국 2차를 위해 밤거리로 몰려 나갔다. 절에서 마신 술로는 성에 안 찼던 아빠도 우리를 따라왔다. 웬일인지 술을 못하시는 큰외삼촌까지 합세하셨다. 이렇게 총 네 명이서 작은 요리점으로 들어가 계속 술을 퍼마셨다. 외삼촌은 차만 홀짝였지만, 원래 술에 취한 듯 불분명한 말투였기 때문에 가만있어도 취한 것처럼 보였다.

"나도 다행이라고 생각해. 엄마(외할머니) 연세도 벌써 아흔넷이나 되신 데다 아무한테도 피해 주지 않고 주무시는 것처럼 돌아가셨으니까. 이건 위로주가 아니라 축하주라고."

"외삼촌은 술도 안 마시면서."

"못 마시는 걸 어쩌겠어."

"그런데 아버님, 조심하셔야 해요."

이렇게 말하는 건 이종사촌의 아내. "할머님이 부르셔도 절대 따라가시면 안 돼요. 아버님은 할머님이라면 꼼짝 못하시던 분이라 걱정이에요."

"일흔이 되는 시아버지한테 못하는 말이 없네. 괜찮아. 혹시라도 어머니가 날 데리러 오셔도 딱 잘라 거절할 거니까. 딱 잘라서!"

와, 외삼촌은 정말로 차만 마시고도 저렇게 멋지게 취하실 수 있구나. 내가 감탄하며 외삼촌을 쳐다보고 있는데, 아빠가 주저주저 그 대화에 끼어든다.

"그런데 형님, 오늘도 형님의 세 여동생들은 절에서 또 다투던데……. 그거 어떻게 좀 안 되겠습니까?"

그 세 여동생 중 한 사람이 바로 우리 엄마이자 아빠의 아내다. 우리 엄마랑 이모들 두 명은 얼굴을 볼 때마다 사소한 다툼을 일으키는데, 그건 뭐 해가 가도 변함이 없고 항상 그 설전을 되풀이하는 게 이젠 보통이다.

"당연히 어떻게 안 되지. 그냥 내버려 둬."

외삼촌은 힘없이 대답했다. "걔네들은 어릴 때부터 '언니가 인형 뺏어 갔어' '동생이 말도 안 되는 소리만 해' 이러면서 서로 으르렁댔어. 거기에 말려들지 않으려면 싸움이 시작되자마자 멀리 도망가는 게 상책이야."

어릴 때부터 그 세 자매의 위력에 눌려 희생양이 되었던 큰외삼촌의 말투는 진지했다. 이젠 정말 지긋지긋하다니까. 사실 우리도 술을 핑계로 그 자리에서 도망친 거나 마찬가지였다(좀 집요하긴 하지만, 외삼촌은 술이 아니고 우롱차).

다음 날은 고별식이었다. 이종사촌의 아내는 전날 술자리의 숙취가 풀리지 않아 괴로워했다. 장례 준비로 바쁜 와중에 밤늦게까지 술을 마셨으니 당연하다. 나는 숙취가 심하진 않았지만 너무너무 졸려서 죽을 맛이었다. 마감을 코앞에 둔 한창 바쁜 시기에 '외할머니 위독'이란 소식을 들은 데다 고별식까지 일주일 동안 제대로 자지 못하는 바람에 피로가 한꺼번에 몰려온 탓이다.

이건 좀 위험한데. 하지만 고별식이 시작되면 동자승이 경문을 읽는 걸 듣는 척하면서 실은 열반의 경지(=수면 중)에 이르는 기술을 구사하면 되지 뭐. 이렇게 쉽게 생각한 게 잘못이었다.

이종사촌(30대 후반의 남성. 럭비라도 하는 것 같은 체격)이 심각한 얼굴로 걸어 들어오더니 "내가 어제 센터 자리라는 대임을 맡았단 건 알고 있지?" 하고 말을 걸었던 것이다. 분명히 이종사촌 오빠는 어젯밤 본당 가장 앞자리에 앉아 있었다.

"말하자면 얼굴마담이었던 셈이지."

"그 얼굴로 무슨 얼굴마담?"

나는 되받아쳤다.

"하지만 얼굴마담은 너무 피곤해서 이제 졸업하려고."

그러더니 이종사촌은 내 반응을 기다리지도 않고 바로 이어서 "그래서 오늘은 너에게 내 센터 자리를 양보하겠다!" 이러는 게 아닌가.

"싫어! 내가 나이가 더 어리니까 조용히 뒤쪽에 앉아 있을래!"

"사양하지 마. 자, 센터 자리에 가서 앉아!"

서로 미루는 사이 동자승이 본당에 들어왔기 때문에 나는 엉겁결에 센터 자리에 앉고 말았다. 이, 이래서는 열반의 경지에 다다를 수가 없는데…….

더 나쁜 것은, 제단과 동자승 사이에 앉은 꼴인 데다 딱 내 정면에 꼬맹이들이 앉아 있다는 사실이다. 꼬맹이들은 독경 시간이 너무 지루해서 그대로 견디질 못한다. 때문에 그 앞에서 돼지코를 하거나 이상한 표정을 만들면서 나름대로 그 시간을 보낸다. 그 덕에 잠은 달아났지만, 그건 또 그것대로 힘든 일이다. 왜냐하면 '와하하' 소리 내어 웃음을 뿜지 않도록 이를 악물어야 하기 때문이다.

고별식이 끝나고 화장터에 가서 고운 뼈가 된 외할머니와 함께 다시 절로 돌아왔다.

'이상해요, 왜 이럴까요? 이상하게도 전혀 슬프지가 않아요, 외할머니' 하고 나는 생각했다. 어쩌면 외할머니에게는 증손자에 해당하는 꼬맹이들이 내 옆에서 끊임없이 재잘거리고 있기 때문일 수도 있고, 오랜만에 친척들이 다 모여서 말다툼도 하고 대화의 꽃을 피우느라 시끌벅적했던 탓인지도 모르겠다.

아무튼 이것이 이른바 '호상(好喪)'이라는 것이구나, 하고 실감할 수 있었던 장례식이었다. 큰외삼촌이 말씀하신 대로 할머니는 아무도 힘들게 하지 않고, 본인 스스로도 그리 힘들어하지 않고, 자식들과 손자손녀들에게 둘러싸여 저세상으로 편안하게 여행을 떠나셨으니까.

그날 밤에는 또다시 절에서 모두 다 저녁 식사를 했다. 역시 술을 전혀 못하는 일가족은 차를 홀짝였고, 음주파는 어깨를 부딪치며 좁게 모여 앉아 알코올을 들이켰다.

문득 보니, 한쪽 구석에 있는 남동생 무릎 위에 꼬맹이 하나가 앉아 있다. 마치 사장님 의자에라도 앉은 듯 아주 의젓하고 당당하고, 또 편안한 모습이다.

순간 '우와아!' 하고 속으로 탄성을 질렀다. 저 조합은 뭐지? 남동생은 매일 운동을 빼먹지 않아 강철같이 단단한 육체를 유지하고 있다. 눈빛은 날카롭고 말수는 적다. 그래서 나는 때때로 내 동생이 실은 살인 청부업자가 아닐까 의심의 눈빛을 보낸다. (그도 그럴 것이, 살인 청부업자도 아닌데 왜 그렇게 매일같이 열심히 몸을 단련하냐고요!) 그리고 이 부분이 중요한 대목인데, 내 동생은 아이들을 매우 싫어한다.

그런 위험인물의 무릎(혹은 다리 사이)에 꼬맹이가 겁도 없이, 무서운 기색 하나 없이 앉아 있는 거다. 남동생은 여전히 무표정한 얼굴로 차를 마시고 있다. 그리고 그 무릎 위에서 꼬맹이는 만족스러운 표정으로 휴식을 취하고 있다. 나는 순간 남동생이 불시에 저 꼬맹이의 머리통을 한 손으로 수박 깨듯 두 동강을 낼지도 모른다는 상상을 해 본다.

"저기, 야!"

내가 꼬맹이를 손짓으로 불렀다. "거기는 굉장히 위험하니까 이쪽으로 오렴."

하지만 꼬맹이는 꿈쩍도 하지 않는다.

"응? 왜?"

이러면서 방글방글 웃을 뿐이다. 남동생은 여전히 얼음으로 만든 듯 표정 없는 냉혹한 얼굴로 차를 홀짝이고 있다. 아, 위험해!

이윽고 이종사촌의 아내(꼬맹이의 엄마)가 다가가더니 "어머나, 너 어디에 앉아 있니!" 하며 꼬맹이를 혼낸다. "앉아도 돼요, 이렇게 제대로 묻고 앉았어?"

꼬맹이는 조금 생각한 후에 동생을 뒤돌아보며 묻는다.

"앉아도 돼?"

그걸 이제 와서 묻는 거야? 그것도 '남국의 리조트 비치 의자에 푹 파묻혀 앉아 있는 사람' 급의 '릴렉스 모드'로!

이제 끝났다. 저 애는 이제 끝이야. 분명히 이제부터 피바람이 불 거라고. 어쩌면 여기서 다시 한 번 장례식을 치러야 할지도 몰라. 그렇게 각오했는데, 내 예상과는 전혀 다르게 동생은 "그래" 하고 대답해 버린다. 싱거운 결말이다.

"너 말이야."

나는 동생에게 말을 건다.

"어린애를 싫어하는 주제에, 이상하게 어린애들한테 인기가 있더라."

"그런가? 뭐, 그런 거 같긴 해. 전차에서도 길에서도 아기부터 초등학생 정도의 애들까지 날 엄청나게 쳐다보거든."

"이상하게 생겼으니까."

"죽고 싶냐?"

이해해. 싫어하는 사람일수록 길바닥의 똥개처럼 계속 쳐다보게 되는 법이지.

"그런데 아까부터 죽 관찰해 본 결과, 알게 된 사실이 하나 있어."

동생이 말한다.

"아이들은 술 취한 어른을 싫어한다는 거. 해롱거리는 돼지(라고 동생은 나를 부른다)한테는 전혀 가려고 하지 않거든."

이 자식이! 하지만 그 말을 듣고 보니 나도 어릴 때 취해서 해롱거리는 어른들은 가급적 피했던 기억이 난다. 즐거운 추억을 많이 만들어 준 음주지만, 역시 경야(經夜)나 고별식 같은 장소에서는 정도껏 마시는 게 좋겠어. 결국은 이렇게 반성하게 된다.

음주와 관련된 반성이라…….

흐음, 다음에 이 반성이 반영되는 일이 과연 있긴 할까.

하얗고 하얗고 하얗게

다이도 다마키 大道珠貴

1966년 후쿠오카 출생. 2000년 <불량소녀>로 규슈 예술제 문학상을 수상하며 소설가로 데뷔했다. 2003년 <이렇게 쩨쩨한 로맨스>로 아쿠타가와상, 2005년 《상처 자리엔 보드카》로 분카무라 되마고 문학상을 수상했다. 소설 작품으로 《등 보이는 아이》《뒤돌아보면서 걷자》《쇼킹 핑크》《듣기 좋은 말》, 에세이집으로 《도쿄 이자카야 탐방》 등이 있다.

남자와 단둘이서 술을 주고받을 때에는 열두 살 정도 나이 차가 나는 것도 좋다. 물론 남자 쪽이 연하인 경우다. 그럴 때 돌아오는 시간은 정해 놓지 않는다. 취해서 기분이 좋아지면 각자 가뿐하게 찢어지면 그만이고, 적절한 시간이라는 건 언제나 상대 쪽에서 자연스럽게 만들어 주게 되어 있다. '그럼 이제' 혹은 '그럼 이만' 같은 한마디로. 그러니까 이건 상당히 산뜻한 이야기다. 영리한 이별 인사 같은 게 별 의미가 없다는 건 서로 다 아니까 일절 하지 않는다. 그러니까 만취 후 이상한 후회나 반성 같은 것도 없다. 다음 날은 평소와 다름없이 상쾌한 새소리에 눈을 뜨고 해장술을 한 잔 마셔 주면 다시 피가 돌기 시작한다. 기분 최고다.

맥주 매상이 오르는 시간이 되기 조금 전, 둘 중 누가 먼저랄 것도 없이 밑에서 기다려 주는 술 상대가 있다. 벌건 대낮부터 마신다. 정육점에서 막 가져와 튀긴 고기튀김빵(일명 크로켓)을 안주 삼아 마시는 가마쿠라 맥주, 에노시마 맥주, 하야마 맥주 등의 병맥주! 술집 한 구석에서 잠자고 있을 법한 예스러운 맥주들. 서민 감각으로 보면 고가의 맥주지만, 계속해서 새롭게 나오는 것들에 비해 생생함이랄까 날카로운 느낌이 빠져 있어 어딘지 침착한 맛이 느껴진다. 이런 맥주들은 그냥 병째로 나발을 부는 것도 터프하고 좋다. 만약 구하기 어렵다면 캔맥주로 버드와이저나 하이네켄, 기네스를 추천한다. 뭐, 약간 멋 부리는 느낌도 없지 않다는 건 인정한다. 연상녀와 청년의 조합이라는 것은. 바닷가에 붙어 앉아서 앞으로 밀려오는 파도 소리를 들으며 두 사람이 조곤조곤 나지막하게 이야기를 나눈다. 돈 버는 이야기나 외설적인 이야기는 하지 않는다. 다른 사람 험담을 신이 나서 이야기하는 것도 금지. 그럼, 무슨 이야기를 할까. 맞다. 어떤 여자가 정말로 좋은 여자인지, 뭐 그런 얘기도 좋겠다. 그때는 나도 남자의 입장이 되어 이야기의 보조를 맞춘다.

언젠가 한번 남자와 바닷가 역 앞에서 약속을 한 적이 있다. 그런데 갑자기 큰 지진이 일어나 전차가 몽땅 다 정체되는 바람에 사람들이 역 앞 광장에 모여 일제히 휴대전화로 통화하기 시작했다. 흥분과 화가 섞인 공격적인 말투, 기묘한 느낌의 대화, 높은 톤의 웃음소리, 뭐랄까, 마치 엑스터시를 느끼는 듯한 목소리를 내는 부인까지. 평생 저 사람들의 속에 덩어리져 있던 것들이 지진을 계기로 와해되어 이런 바닷가 마을에서도 패닉의 파도를 눈 깜짝할 사이에 일으키는구나. 문득 그런 생각이 들었다.

'역시 고독이 최고야' 하고 생각하면서 사람들을 피해 바닷가를 걸었다. 가드레일에 딱 붙어서 그를 기다리기로 했다. 마침 알맞게 차가운 맥주를 네 병 정도 바구니에 넣어 가지고 왔던 참이다. 만일 모자라면 가까운 패밀리레스토랑에 가서 와인이라도 마시면 된다. 멈춰 서 있는 전차 안은 얼마나 살기등등할까. 맥주 한 병이라도 있으면 좋을 텐데. 불쌍해라. 나는 맥주를 벌컥벌컥 마셨다. 소변도 보고 싶을 때 보면 되니까 뭐. 집에서 마실 때랑 똑같이, 혼자서 천천히 느긋하게 마셨다.

시간이 조금 지나 드디어 그와 만났을 때는 이미 형광색 실(seal)처럼 조그만 별이 등장했고 구슬목걸이가 끊어져 흩어진 것처럼 해안선이 번쩍번쩍 빛나고 있었다.

"아무리 늦어도 기다려 주는군요." 숨을 헐떡이며 달려온 그의 눈은 강아지처럼 반짝거렸다.

"그냥 천천히 마시고 있었던 것뿐이에요. 혹시 해일이 일어나나 했는데 일어나지 않았고, 까만 새가 떠 있구나 생각했지만 알고 보니 까만색 서핑보드였고, 어두워졌는데도 아직 서핑을 하길래 그걸 멍하니 보고 있었죠."

사실 이미 술을 많이 마신 나는 땅이 흔들리는 건지

내 다리가 휘청거리는 건지 판단할 수가 없어서 오히려 신경이 곤두서 있었다. 만나지 않아도 상관없다고 생각했다는 말은, 하지 않았다.

"사회에 나가면 술을 마실 기회도 늘어나겠지만……."
아버지의 긴 훈계가 다시 시작된다. 맥주는 아직 두 모금밖에 안 마셨는데 빠르기도 하지. 핏발 선 눈, 입매가 정확치 않고 풀어진 입술, 썩은 조개 냄새가 나는 입김. '너무하네, 이래서야 무슨 치한 같잖아' 하고 나는 생각한다.
"여자가 취한 것만큼 꼴불견인 게 없다. 하지만 두 번 정도는 크게 취해 봐라. 그러면 자연스럽게 얼마나 마셔도 되는지, 자신의 주량을 알게 될 테니."
술을 마시고 취하는 것에 대해 주의를 준 남자는 전무후무, 오로지 아버지뿐이었다. 작은 요리점에서 남녀 공용 화장실 문을 열면 눈앞에 말만 한 처녀의 엉덩이가 보였다는 둥, 변기 뚜껑을 머리에 뒤집어쓰고 앉아 있는 처녀가 있었다는 둥, 얼마나 많은 술을 마신 건지 그러다가 나중에 취기가 돌기 시작하면 의식을 잃고 남자의 장난감이 되어 버리는 거다, 이런 무시무시한 이야기를 하시는 아버지. 아버지도 커다란 실수를 두 번, 20대에 하셨던 모양이다. 그중 한 번은 유치장 신세를 지셨다고.

"다마키는 크면 대주가가 될 게야!"

매일 밤 아사히 생맥주 딱 한 병, 그것이 규율이 엄격한 자위대원의 생활. 아버지는 무뚝뚝한 남자였지만 술의 힘으로 한 꺼풀이 벗겨지면 테이블 밑에서 발가락으로 엄마의 치마를 들추면서 행복의 절정이라는 듯 딸인 나에게 술을 따르게 하고 가자미, 오징어, 은어 알, 뱅어포, 꽁치, 은어 창자, 장어 간, 소라 발 등등 가장 맛있고 희귀한 부위를 투박한 젓가락질로 거칠게 내 입에 넣어 주면서 "어린애가 이런 것만 좋아하고 말이야" 하시며 기분 좋게 웃으셨다. 그러고는 "다마키가 어른이 되면"으로 시작되는 훈계를 계속하는 거다.

하지만 이야기하는 사이에 딸의 미래가 점점 현실적으로 느껴지는지 취기가 오름에 따라 기분이 나빠져서 찡그린 얼굴, 울적한 얼굴, 외톨이 같은 얼굴로 변한다. 지금 생각하면 그 정도의 양에 취해 버리는 남자라니! 뭐 아예 말이 안 되지는 않지만, 지금의 나로서는 절대 함께 어울려 줄 수 없는 상대다.

연하의 청년과는 페리를 타고 사루시마에도 갔었다.

선착장에서 줄을 설 때부터 병맥주를 한 손에 든 채로. 군복 차림의 청년, 잘생기지도 못생기지도 않은 평범한 생김새의 남자(나도 마찬가지라고 생각한다)라는 라벨이 붙어 있는 청년이었다. 섬에 도착하자마자 매점에서 팩소주 몇 개를 샀다. 과자를 좋아하는 그를 위해 스낵 과자도 샀다. 내가 화장실에서 돌아왔을 때, 그는 바람 때문에 살랑살랑 흩어지는 감자 칩 부스러기들을 긴 손가락으로 나른하게 뒤쫓고 있었다. 술로 몸이 둔해진 탓에 휘적휘적 공중을 휘젓는 그 모양이 내 눈엔 그저 천진난만하게 부스러기 잡기를 하며 노는 것처럼 보였다. 취하게 되면 인간의 '선(善)'한 정체가 드러나는 것 같다.

예전에 하이킹을 하며 지나가던 아줌마, 아저씨가 "어머나, 낮부터 깨가 쏟아지네" 하면서 술 마시는 우릴 보고 놀렸던 적이 있다. 그때 그는 빙그레 미소를 지으며 "드세요" 하고 빈 맥주 캔을 그들에게 내밀었고, 두 사람은 눈알이 튀어나올 것 같은 표정을 하고서 황급히 도망갔다. 얼마나 웃기던지. 사실 인간의 정체가 '선'인 이상, 이런 장면은 몇 번이라도 보여 줄 수 있다. 그렇기 때문에 젊은 사람과 함께 있으면 가슴이 뛰는 것이다. 나도 사는 것이 유쾌해지는 것이다. 젊은 술친구는 그 말고도 또 있다. 나이 차는 열다섯 살, 스무 살. 안주만 먹어 대는 술 못 하는 사람도 있고, 유흥가 출신, 지방 출신, 스님 등등 다들 희한한 직업을 가지고 있다. 사회에 나와 막 쓴맛을 보기 시작하는 나이라 대부분 혼이 쏙 빠진 멍한 얼굴을 하고 있긴 하지만, 다들 '어떻게든 되겠지'라고 생각하고 싶어 하는 것 같다. 쉽게 얼굴을 붉히고 자주 과장되게 웃는다. 가끔은 울기도 한다. 자신의 기분을 숨기지 못한다. 눈 흰자위 부분이 아주 깨끗하다. 피부는 매끄럽고 비키니도 입을 수 있을 만큼 몸매도 좋다. 미각은 아직 어린아이의 수준에 머물러 있다. "저는 매일같이 카레만 먹어도 좋아요. 카레를 안주 삼아 영원히 술을 마실 수도 있는걸요." 뭐, 이런 식이다. 그리고 많지 않은 월급을 쪼개 다달이 부모님께 용돈을 부치거나 한다.

나를 친척 아저씨처럼(아줌마 말고) 생각하고, 무엇이든 나한테 의논하며, 가끔은 반대로 자기 엄마뻘의 나이인데도 자신보다도 더 어린애 같다며 나를 걱정해 준다. 아무튼 살갑게 대해 줘서 정말로 고마워요. 젊은이들이여, 부디 교활하고 능글맞은 영감은 되지 말기를. 인생은 눈 깜짝할 사이에 엄청난 속도로 지나가는 법이니, 혹시 불합리한 일을 만나더라도 상대하지 말고 그냥 지나쳐 주세요. 자신은 자신일 뿐이니까. 나도 그러고 있답니다. 그러니까 그런 측면에서도 우리의 만남에 동업자는 사양이다. 고사성어를 활용하여 어딘가 수상쩍은 문장을 고상한 척 태연하게 쓰는 날이 온다면, 그땐 끝이다. 아줌마가 되어서 젊은이들을 질투하기 시작하고 일방적으로 혹평만 남발하는 일만은 절대 하고 싶지 않다. 이해 불능의 기이한 문장 세계를 맞닥뜨린다면 표층만을 꿀꺽 무성의하게 삼켜 버리지 않고, 가능한 한 '이것은 작가의 의도거나 기획이거나, 혹은 적어도 도전에서 시작된 것이겠구나' 하고 생각할 줄 아는 어른이 되고 싶다. 스스로의 이해를 돕기 위해서는 친근한, 예를 들어 가족, 친구, 연인, 이웃 간의 관계를 대입시켜 놓고 심층을 읽으면 될 일이다. 생활 속의 세세한 일상을 무시하는 인간은 멀리하고, 실력 있는 젊은이들한테는 솔직하게 대해 주어야지. 위축되지 말고, 집단을 만들어 행동하지 말 것. 편협한 아줌마가 되더라도 나는 그런 사람이 되고 싶다.

3년 전, 가마쿠라에서 옛날 집을 손에 넣었다. 위대한 문사(文士)라면 이런 집을 두고 누추하다거나 초라한 집이라고 표현하겠지만, 겸손과는 담을 쌓은 나는 그냥 내 눈으로 본 대로 '비가 새고 비스듬하게 서 있는 삐걱거리는 집, 하지만 그래서 좋은 집'이라고 말하련다. 비가 새는 건 눈물이고, 비스듬히 서 있는 건 생각 중이라는 느낌. 그래서 살아 있는 인간처럼 온기가 느껴지는 집이다. 기우뚱하게 망가져 있는 모습이 나랑 많이 닮았다.

산 중턱에 있어서 밤이면 칠흑 같은 암흑. 하지만 도깨비가 쳐들어와도, 귀신이 나와도 상관없다. 거대한 지네나 가려움증을 유발하는 먼지를 날리는 나방도 들어오는데 뭐.

이렇게 술 마시는 집을 따로 마련한 이유는 물론 일차적으로는 나 자신을 위한 것이었지만, 연하의 그들이 쉬는 장소로 사용하고 싶은 마음도 큰 부분을 차지했다. 그래서 이렇게 말해 두었다. "자기 집이라고 생각하고 편하게 쉬러 오렴." 아직 전도유망한 그들에게는 이런 과다한 친절이나 상냥함이 오히려 독이 될지도 모르겠다. 하지만 이런 느낌을 모성 같은 감정으로 치부할 생각은 없다. 다만 득실을 따지지 않아도 되는 타인 한 명쯤은 있는 게 좋지 않을까 하는 생각이다. 누구라도 말이다. 만일 후쿠오카에 사는 조카아이가 불량해져서 가출이라도 한다면 여기서 잠시 머무르면 좋지 않겠는가, 딱 그런 느낌이다.

앞으로도 이 집 하나만 있으면, 이곳으로 도망쳐서 숨어 버릴 수만 있으면, 지진이든 화재든 아무튼 각종 천재지변이 일어났을 때 살아가는 동안 어쩔 수 없이 조금씩 맞닥뜨리게 되는 재난이라는 것도 어찌어찌 견딜 수 있지 않을까. 집이 없으면 뜬구름 잡는 글쟁이 따위가 이르는 종착역은, 결국, 길에서 비명횡사. 아무도 도와주지 않는다. 설사 누군가가 도와준다고 해도 오히려 공포스럽다. 게다가 힘들게 다시 살려 줄 만큼 이 세상에 도움이 되는 목숨도 아니다.

보름달이 뜬 밤, 일곱 살 무렵의 기억.

대야에 물을 담아 마당 한가운데에 둔다. 물 위로 떠오른 달에 발을 담가 흩뜨리면, 달은 부드럽게 부서지며 둥근 윤곽이 찌그러진 채로 파뿌리처럼 창백한 종아리를 흔든다. 마치 내가 떨고 있는 것처럼 보여서 마음이 불안해진다. 달도 종아리도 찌그러지고, 삐뚤삐뚤 이지러지고, 다리는 간지럽고, 오줌도 마렵다. 옆에서는 할아버지가 아까부터 계속 약주를 들고 계신다. 미지근한 술, 물 탄 소주구나. 코가 발달한 나는 그 종류를 바로 알아챘다. 향기도 좋고 기분도 좋다. 많은 어른들의 보살핌 속에 안전지대에서 혼자 놀며 마음 한구석으로 생각하는 것은 '빨리 집에서 나가고 싶다'는 것. 나는 괜찮으니까 다른 사람들이 행복해졌으면. 아버지도 엄마도 여동생도, 강아지도 잉꼬도 붕어도, 가족들 모두 사이좋게 평화롭게 지냈으면 좋겠다.

'서른세 살이 되면…….' 가슴을 두근거리며 생각한다.

'일본을 떠나야지. 아들 두 명을 데리고 미국으로 도망치는 거야.'

서른셋이 되는 1999년은 일본이 침몰하는 해, 그때 내게는 아들이 두 명 있을 거다. 결혼을 하지 않고 낳았거나 이혼을 했거나 하는 이유로 내 곁에 성인 남자는 전혀 없을 테고……. 하지만 정작 서른세 살이 되니, 아무것도 없었다. 아이 한 명조차도. 맞아떨어진 건 남편이 없다는 것뿐. 그 전해에도 그다음 해에도 일본이 침몰할 기색은 전혀 보이지 않았고, 일본은 땅에 튼튼하게 붙어 있었으며 새로 지은 집과 맨션이 계속해서 들어섰다. 뭐야, 내일은 침몰할 거야, 글피에는 침몰할 거야. 역시 아니었어. 이것이 현실. 모든 게 미래를 향해 나아가고 있다. 아아, 시시해. 결국 마지막에 내가 깨달은 사실은, 이렇듯 진지하게 침몰을 상상하고 있었던 내가 바보였다는 것뿐이다. 머리가 어떻게 된 건지 종종 그 시점에 나이가 멈춰 버려서 지금까지도 누군가가 나에게 나이를 물어보면 서른세 살이라고 대답할 때가 있다. 마흔여섯 살인데 말이지.

고립감이 충만한 나에게 우리 집 현관을 나와 여덟 발짝 정도면 도착하는 할아버지의 집은 드나들기 쉬운 이세계(異世界) 그 자체였다. 수풀 아래, 여닫이문, 불단, 창고, 지붕. 모든 것들이 다 예스러움으로 가득 차 있어 매혹적이었다. 빙글빙글 돌기, 현기증으로 비틀거리다가 몸을 획 뒤집기, 물구나무서기. 그리고 다리 사이에 빗자루를 끼고 마법사가 된 기분으로 계단을 뛰어 내려가서 방석에 손님(여동생)을 태우고 초특급으로 내빼고, 주판을 롤러스케이트 삼아 밟고서 방 사이를 휘젓고 다니는 등 하고 싶은 대로 맘껏 뛰놀았다. 덕분에 체력도 기력도 성장할 수 있었다. 만일 그 집이 없었다면 남아도는 기력으로 애꿎은 아버지만 엄청나게 괴롭혔을지도 모를 일이다.
웬일로 후쿠오카에 눈이 쌓인 해가 있었다. 어느 날 아침, 감은 눈꺼풀 위로 느껴지는 햇살이 따가워서 나는 벌떡 일어났다. 할아버지 집의 지붕에 쌓인 눈을 작은 밥공기에 담아 거기에 설탕을 뿌린 다음 반짝반짝 빛

나는 눈과 설탕을 듬뿍 떠서 입에 넣었다. 우아, 놀라운 맛! 살짝 먼지 냄새가 나는 것이 어디에서도 팔지 않는 신기한 맛이다. 여름이 되면 항상 먹는 바나나맛 빙수보다 더 맛있게 느껴질 지경이었다. "먹지 마! 눈에는 하늘의 먼지랑 방사능이 들어 있어. 게다가 맞으면 탈모가 된다고!" 어른들은 그때에도 날 위협했었다. 이건 다 《맨발의 겐》(원자폭탄 피해자들의 이야기를 다룬 일본 만화—옮긴이)의 영향이다. 대머리가 되어도 상관없어. 그때도 나는 이렇게 삐딱하게 생각했다.

그때 사발 안쪽에 소복하게 담긴 하얗고도 하얀 눈, 그리고 하얀 설탕의 인상은 지금도 선명하고 강렬하게 내 머릿속에 남아 있다. 둘 다 똑같이 '하얀' 코드로 표현되어 있는데도, 그리고 구분하는 선이 그어져 있는 것이 아닌데도 전혀 질감이 다른 게 굉장히 신기했다. 그 놀라운 느낌은 묘사가 불가능하다. 당시에는 커서 그림 그리는 일을 하고 싶다는 생각을 막연하게 하고 있었는데, 역시 '무리'라는 걸 확실하게 자각한 순간이었다.

시각과 미각에 대한 나의 이런 독특한 시점은 현재 이 무기가 된 내 속에 속속들이 얽혀 들어와 있다. 집에서는 청주에 얼음을 넣어 유리잔으로 마시거나 한다. 투명하고 아름다운 이 술은 물처럼 가뿐하게 목으로 넘어간다. 사실은 셔벗 비슷한 걸로 만들고 싶지만, 우리 집 냉장고로는 아름답게 살짝 얼지 않기 때문에 빙수기로 얼음을 갈아 청주 빙수로 만들어서 먹고 있다. 포도, 멜론, 서양 배(라프랑스), 감귤류, 토마토 등등 다양한 과일을 이용해 과실주도 담가 봤지만, 사실 집에서 만드는 술 종류는 옛날부터 전해지는 매실주 정도가 타당한 선이라고 생각하고 있다.

증류주, 양조주 할 것 없이 이 나이가 되기까지 이것저것 많이 마셔 봤지만, 죽을 때까지 앞으로 얼마만큼의 술을 더 마실 수 있을까 생각해 보니 아무래도 너무 무리하지 말고 건강하게 살 때까지 살면서 마시는 게 최고인 것 같다. 그러려면 아무래도 알코올 도수는 낮고 뭔가 다른 게 섞여 있지 않은 순미주(純米酒)가 가장 좋을 것 같다. 쌀에 감사를 드리며 스스로 황홀경에 취해 하늘로 승천하는 거다. 내가 죽은 다음 내 장례식에서도 부디 내가 마실 수 있게 순미주를 뿌려 주길. 안주로는 맞다, 어릴 때 간식으로 자주 먹었던 기름진 프라이드치킨을 먹고 싶지만, 아마 지금도 후쿠오카 시골마을에서는 그런 건 흔히 먹지 않는 괴이한 음식인 모양이다. 그렇다면 할아버지가 드셨던 게 좋겠군. 통째로 구운 닭다리 소금구이, 닭껍질초무침, 달콤 짭조름한 닭금귤조림, 천엽회, 흰 대구살, 팽이버섯초절임. 아아, 실로 고마운 진짜 서민의 맛! 밥 비슷한 게 먹고 싶으면 간장색으로 물들인 가쓰오 다다키(가다랑어를 겉만 살짝 그을려서 가늘게 썬 마늘, 쪽파, 생강 등을 얹고 소스를 뿌려 먹는 요리—옮긴이)를 놓고 흰쌀밥, 와사비, 보리차를 끼얹어 스윽 비벼 먹으면 된다.

할아버지는 술과 밥만 있으면 대충 만족하셨다. 종지에 담긴 설탕과 간장에 자두를 굴려 놓고, 갓난아이가 젖을 빨 때 엄마 젖꼭지를 절대 놓지 않듯이 먹는 것에 초집중하며 후룩후룩 소리를 내면서 술과 음식을 드셨다. 그리고 점점 기분이 좋아지면 틀니를 빼서 소주가 든 유리잔 속에 넣고 그걸 쳐다보셨다. 탄산음료처럼 기포가 올라오는 걸 보고 있노라면 틀니가 꼭 생물처럼 느껴져서 감동적이었다. 나도 그 광경에 빠져서 틀니가 사자탈처럼 딱딱 입을 크게 여닫으며 말을 하게 만들고 싶었다. 어린 나는 할아버지는 이도 몸에서 뺄 수 있으니까 눈알이든 뭐든 다 몸에서 뺄 수 있지 않을까 하는 기이한 생각을 했다.

내 장례식장이나 기일에 대해 이것저것 상상하는 건 상

당히 유쾌한 일이다. 그렇다면 이쯤에서 슬슬 술자리에서 생기는 유쾌하지 않은 일을 떠올려 볼까 한다.

젊은 시절, 남자가 여자가 마시는 술에 몰래 안약이나 감기약 같은 걸 넣어서 정신을 놓으면 덮친다는 소문이 돌았다. 심지어 나도 한 번 당했다. '범인'이 나중에 고백하는 바람에 알게 되었다. 하지만 내가 너무 둔감한 탓인지 당시에는 전혀 눈치채지 못했고, 심지어 끝까지 멀쩡했었다. '양이 너무 적었던 걸까?' 하고 범인이 고개를 갸웃거렸다는 후문.

유쾌하지 않은 일 하나 더. 여자가 술잔에 묻은 립스틱을 손가락 두 개로 닦는다. 어라? 저 손가락을 나중에 어디다 문지르려고 그러나. 굉장히 신경이 쓰인다. 그녀들의 이야기란 뭐, 상상하는 그대로다. '이제 슬슬 애들이 학원에서 돌아올 시간이라서.' 이런 식의 가정 이야기는 이미 익숙하니까 상관없다. 제일 질리는 건 미용과 관련된 이야기. 타고난 외모는 어쩔 수 없는 법, 생긴 대로 그냥 사는 게 정답인 것을. 네일 아트, 점, 결혼……. 하품이 나온다. "난 비를 부르는 여자거든." 이러면서 아예 자기중심으로 지구를 불러들이는 여자도 있다. 줄기차게 휴대전화 화면을 응시하거나 손가락으로 계속 손장난하는 모습도 보인다. 저건 또 뭐야.

도토리 줍는 원숭인가?
취해서 아가씨 시절 기분을 내고 싶은 거라면, 집에서 조용히 에이히레(홍어 지느러미를 말려서 구운 것—옮긴이)라도 뜯으며 홀로 마시는 게 더 어울리지 않을까.

집.
의자를 가지고 자유롭게 툇마루나 작은방이나 마당으로 이동한다. 그것만으로도 짧은 여행을 온 듯한 기분이다. 술 마시는 장소로 굳이 부엌을 택할 필요는 없다. 손이 닿는 범위 내에 술을 데울 수 있는 곤로, 얼음, 안주 등을 준비해 놓으면 그만이다. 비어 있는 창고가 있는데, 빛이 들어오지 않고 온도가 일정해서 주류 저장고로는 최적이다. 불에 그을린 자리가 군데군데 남아 있어 도깨비집 같은 어두운 공간. 붉은색의 중국식 고가구가 요상하게 에로틱한 분위기를 만들어서 마치 여인숙 방처럼 보이기도 한다.
샤워를 하고 앉아 자작을 한다. 파리, 개미, 쥐, 두더지, 지렁이, 생명이 있는 것들은 모두 동등(평등이 아니라). 대기의 흐름, 우뚝 솟은 나무들이 스치는 소리, 자연계가 내는 소리의 다양한 음색은 정말 무시무시할 정도로 멋지다. 으스스한 짙은 안개가 끼는 요즘 같은 봄에는 밖에 나갈 수 없을 정도로 우울해서 뭐랄까, 나 자신이 굉장히 작아지는 느낌이다.
작은 광장처럼 개방적이고, 도둑이 맘대로 드나들 수 있을 것처럼 열린 상태의 우리 집을 보고 경비 회사와 계약하지 않으면 위험하다는 둥, 무슨 일이 생기면 어쩌느냐는 둥, 친절한 말을 해 주는 사람도 있지만 "그럴 때는 꺄악! 하고 소리 지르면 되죠" 하고 웃어넘긴다. 죽으면 죽는 거지 뭐.
이 집으로 이사를 온 후 깨달은 게 있다. 괜찮다는 것! 다 괜찮아. 그렇게 서두르지 않아도 몸은 제대로 착실하게 늙어 가고 있으니, 죽음은 나를 자연스럽게 방문해 줄 거야. 그리고 모두가 동등하다는 것! 계속 홀로 술을 들이켜면서, 젊은 나이에 스스로 죽음을 택한 지인들에게 생전에 친교가 얕았음을 사죄하고 드디어 이제야 친한 벗이라고 느끼면서, 멋대로 건배. 연락이 끊긴 젊은이들에게도, 건배.
최근에 높은 굽이 달린 작은 사기잔을 구웠다. 여행을 할 때마다 애용하고 있는데, 흙으로 빚어 가마에서 구운 것이다. 굽을 일부러 'ㄴ'자로 구부렸더니 제대로 땅을 밟고 서 있는 모양이라서 제법 사랑스러운 물건이 되었다. 손수건으로 둘둘 말아 주머니에 넣고 어디에 가든 항상 데리고 다니려고 생각하고 있다. 그러면 이제 어디로 갈까. 사실 나는 이럴 때 딱히 가고 싶다고 말할 만한 곳이 없다.

추신

조금 전, 젊은 외판원이, 집을 방문했다. 오랜만에 만나는 인간. 아무렇게나 자란 수염, 교활한 눈, 검은 손톱. 찌그러진 감귤 비슷한 것을 내밀며 "미백감(美白柑)이라는 건데, 한 개에 250엔이에요. 미백에 효과가 있어요"라고 한다. 듣는 둥 마는 둥 대충 흘려들은 나는 "살게요" 하고 답한다. 슈퍼마켓에서 사면 1백 엔 정도 할 만한 머위조림도 5백 엔이란다. "살게요." 거스름돈도 안 받고 차가운 영양 드링크를 건네면서 "안녕히 가세요" 하고 말하자 그 젊은이의 눈가에, 안개 알갱이인지 땀인지 모를 것이, 한 방울 또르르.

손해이긴 하지만

가쿠타 미쓰요 角田光代

1967년 가나가와 출생. 1996년 《깜빡 존 날 밤의 UFO》로 노마문예 신인상, 2003년 《공중정원》으로 부인공론문예상, 2005년 《대안의 그녀》로 나오키상, 2006년 《록 어머니》로 가와바타야스나리 문학상, 2007년 《8일째 매미》로 중앙공론문예상, 2011년 《트리하우스》로 이토세이 문학상을 수상했다. 소설 작품으로 《종이 달》《달과 천둥》《빈 주먹》, 에세이집으로 《수요일의 하느님》《몇천 개의 밤, 어제의 달》《한낮의 산책》 등이 있다.

자신이 술을 잘 마시는지 혹은 잘 마시지 못하는지는 일단 술을 마셔 본 다음에야 비로소 알게 된다. 하지만 이때 술을 아예 마시지 못하는 사람은 마시자마자 자신이 술을 못 마신다는 놀라운 사실을 바로 깨닫게 되는 반면, 술을 잘 마시는 사람은 그런 사실 자체를 잘 실감하지 못하는 것 같다. 술이 들어가니까 당연한 것처럼 느끼지, 놀라거나 깨달을 일이 없는 거다. 그러니까 그냥 평범하게 마실 뿐, 자신이 주당인지 아닌지 그런 것까지는 생각하지 않는 것이다.

적어도 나는 그랬다. 정신을 차려 보니 어느새 술을 마시고 있었다. 술을 막 마시기 시작했던 젊은 시절에는 맥주를 잘 마시지 못했지만 금방 익숙해졌고, 그러고 나서는 첫 잔은 반드시 맥주로 마시는 습관이 붙었다. 그런 식이었기 때문에 지금도 나는 내가 술을 마시는 방식이나 수준이 어느 정도인지 알지 못한다. 나는 다만 술을 마시는 것만큼은 그냥 평범한 편이라고 생각할 뿐이다.

생각해 보면 술을 마시게 된 지도 벌써 27년이다. 말하자면 술을 마시지 않고 산 세월보다 술을 마시며 살아온 세월이 압도적으로 길어졌다. 유치원 시절부터 고등학교 시절까지 용케도 술 없이 살아왔구나 하는 생각이 들 정도다. 술도 마시지 않고 튀김이나 초밥을 주스랑 같이 먹으면서 인간관계를 고민하고 장래에 대해 불안해하고 자의식과 싸워 온 셈이니까.

어른이 되어 술을 마시게 되면서 술이란 존재는 해마다, 해가 갈수록 일상이 된다. 20대 중반에는 술이 없는 날은 하루도 생각할 수 없을 정도였다.

하지만 나에게 술을 좋아하느냐 싫어하느냐 묻는다면 대답하기가 좀 애매하다. 솔직히 잘 모르겠다. 나는 돼지고기를 매우 좋아하는데, 돼지고기의 맛을 좋아하는 것처럼 술맛을 좋아하느냐고 묻는다면, 그건 좀 아닌 것 같다. 그러니까 내게 술은 좋아한다기보다는 필요한 어떤 것이다.

나는 낯을 가리는 성격이라 마음을 꽁꽁 닫고서 속으로 끙끙대고, 거의 모든 것에 흥미를 못 느끼며 지내는 타입이다. 그렇게 하고 싶어서 그런 게 아니라, 그럴 수밖에 없는 성격을 타고났다. 사람을 잘 못 사귀고 마음을 닫고 혼자 고민하면서 아무것에도 흥미를 못 느끼고 산다는 것은 조금도 즐겁지 않고 시시한 일이다. 따라서 그런 식으로밖에 살 수 없는 나 자신을 나는 그다지 좋아하지 않는다. 그런 자각이 있기 때문에 사람들과 만날 때면 나는 낯을 가리지도 않고 마음을 열고 뭐든지 흥미가 있는 척을 한다. (그것은 의외로 성공률이 높아서, 사람들은 나를 그런 사람으로 생각해 주는 모양이다! 왜냐하면 아무것에도 흥미가 없는 사람에게는 절대 맡길 수 없을 것 같은 일들이 많이 들어오기 때문이다. 말하자면 흥미가 있는 척 연기를 계속하는 사이에 나는 그만 '하는 척'의 연장으로 그런 일들을 받아 버리는 것이다. 일을 받은 후에 누군가가 "이 일의 어떤 점에 흥미를 느끼셨나요?" 하고 묻는 바람에, 양심에 찔려 심장이 쿵쾅쿵쾅 뛰었던 적도 있다. 흥미 같은 건 전혀 없었으니까. 일을 하겠다고 수락해 놓고 나중에 후회한 적도 상당히 많다.)

술을 마시면 어느 순간 기분이 확 열린다. 모르는 사람과도 잘 이야기할 수 있게 되고, 꽁꽁 닫혀 있던 마음이 스윽 열리면서 저조했던 기분이 사라지고, 평소에는 전혀 흥미를 느낄 수 없었던 타인의 이야기도 굉장히 의미 있고 재미있는 것처럼 느껴진다. 이런 식으로 즐거운 시간을 계속 보내는 사이에, 재미없고 지루하고 도저히 좋아할 수 없는 자신을 술이 퇴치시켜 주는 것이다.

나는 서른이 넘을 때까지 내가 계속 술맛과 술자리의 분위기를 좋아해서 술을 마신다고 생각했다. 하지만 그게 아니었다. 술을 마시지 않으면 나는 다른 사람들과 제대로 이야기를 할 수가 없고 마주 볼 수가 없는 것이다. 그러니까 결국 내가 술을 마시는 이유는 실은 앞으로 나아가는 진취적인 태도랑은 거리가 멀다는 것, 아니 오히려 뒤로 퇴보하는 것이라는 사실을 서른 중반이 되어서야 겨우 깨달았다.

내게 있어 술이란 좋아서 마시는 게 아니라 궁지에 몰린 느낌으로 필요에 의해 마시는 어떤 것임을 깨닫고 나니, 아무런 이유 없이, 특별히 술 마시는 날을 잡을 필요도 없이 더욱 자연스럽게 술을 마시게 된다. 사실 이런 이유라면 혼자 있을 때에는 술을 마시지 않아도 좋겠지만, 나는 혼자서도 술을 마신다. '낯을 가리고 마음이 닫혀서'가 아니라, '기분이 가라앉을' 때 필요하기 때문이다. 혼자라면 그 가라앉는 정도가 더욱 심해지기 마련이니까.

하지만 나에게는 술에 관련된 약점이 하나 있다.

그건 바로, 마시기 시작하면 도중에 그만두는 게 불가능하다는 것이다. 아무리 노력하고 노력해도 안 된다. 20년 가까운 세월 동안 줄기차게 딱 좋을 때 그쯤에서 술잔을 내려놓으려고 시도해 봤는데 안 된다. 마치 물구나무서기를 한 채로 걸을 수 없는 것처럼 불가능하다. 결국 끝까지 마실 수밖에 없는 것이다.

그리고 끝까지 마시는 과정에서 기억이 사라진다. 일정

량을 넘어서면 그 후의 일은 기억나지 않는다. 그 일정량이 어느 정도인지는 잘 모르겠다. 시간으로 치면 7시부터 마시기 시작할 경우 보통 11시 이후가 수상하다. 그래도 용한 건 마지막까지 앉아서 마시고, 택시를 잡아 집에 가고, 집에서 잠을 잔다는 것이다. 하지만 일어나서 어제의 일을 떠올려 보면 전혀 생각이 나지 않는다. 요즘 새로 생긴 현상이 아니라 술을 마시기 시작한 젊은 시절부터 줄곧 그랬다.

전날의 일이 기억나지 않으면 '꽁하고 축 처진' 원래의 내 성격이 활발하게 활동을 하기 시작한다.

누군가에게 실례되는 말을 하지는 않았을까. 실례되는 행동을 하지는 않았을까. 먹던 것을 입에서 뱉어 내거나, 잔을 깨거나, 말도 안 되는 행동을 한 건 아닐까. 돈을 내지 않은 건 아닐까. 좋아하지도 않는 사람에게 끈적끈적 치근대지는 않았을까. 엉망진창으로 끙끙거리다 보면 기억이 사라진 딱 그만큼 어두운 기분이 된다. 예전에는 함께 술을 마신 사람에게 앞에 늘어놓았던 것들에 대해 하나하나 물어봤었다. "괜찮아." 모두들 그렇게 대답한다. '아무 일 없었어. 그런 짓은 하지 않았어'가 아니라 "괜찮아"라고. 그 대답이 너무 무서워서 나는 다시 기분이 가라앉곤 했다.

한때 나는 이 울적한 기분이 너무 싫어서 술 마시는 것을 그만두려고 심각하게 마음먹은 적도 있다. 물론 실행은 하지 못했다.
금주를 하는 건 불가능했기에 나는 '적어도' 내가 기억을 잃는 시스템만은 과학적으로 파악하려고 노력했다.

Q : 뭔가 특정 종류의 술이 기억을 없애는 걸까?

A : 종류가 아니라 양이 문제.

Q : 그날의 몸 컨디션과 뭔가 관계가 있는 걸까?

A : 없다.

Q : 같이 마시는 사람들과 뭔가 관계가 있는 걸까?

A : 그렇다. 처음 만나는 사람들이 있는 자리보다는 친한 사람들과 함께하는 자리에서 더 많이 마시는 경향이 있어서, 그럴 때 더 자주 기억을 잃는다. 하지만 어색한 사람들과 마시는 경우에도 그 어색한 기운을 날리기 위해 엄청나게 마실 때가 있으니 요주의!

근본적인 부분에서는 알코올의 대량 섭취가 기억을 잃게 만드는 건지, 아니면 그 후의 수면이 기억을 없애는 건지에 대한 문제가 남는다. 왜냐하면 항상 눈을 뜨면 집이라는 건, 택시를 타고 주소를 설명했다는 얘기다.

그 말인즉 그때에는 기억이 있었다는 뜻. 그런데 어떤 택시를 타고 얼마를 지불하고 운전기사랑 어떤 이야기를 했는지에 대해서는 전혀 기억나지 않는다는 얘기는 그 뒤에 잠들었기 때문이 아닐까?

이 연구의 결과는 아직 나오지 않았다. 수면으로 기억을 잃어버리는 일도 있고, 잠들기 전부터 기억을 잃는 경우도 있는 모양이다.

이런 고민을 친구에게 토로했더니, 그녀는 "나는 이 앞의 기억은 분명히 없어지겠구나 하는 순간의 네 신호를 알아" 이러는 게 아닌가! 그게 뭔지를 묻자 평범하게 말하면서 끄덕이던 내 고갯짓이 갑자기 커지는 거라고 말한다. 크게 끄덕인다는 것은, 사실 단순한 고갯짓이다. 그 이전에는 '응응' 하며 위아래로 30도 정도 각도로 끄덕이다가 '으응, 으응' 이러면서 150도 정도로 고개를 움직이기 시작하면 상당히 취한 거라는 뜻이다.

이 정보는 상당히 유익해서, 그 이후로 나는 술 마실 때마다 스스로 고개를 끄덕이는 행위를 확인하게 되었다. 확실히 어느 정도 술이 들어가면 내 고갯짓이 커지는 걸 스스로도 분명히 느낄 수 있었다. '아, 지금이다' 이렇게 생각되는 순간, 나는 '이 앞의 기억이 없어지는구나' 하고 의식하게 된다.

하지만 그 시점에서 술 마시는 걸 그만두거나 조금 덜 마시거나 하면 참 좋을 텐데, 그건 불가능하다. 앞에서 말했듯이 도저히 안 되는 거다. 20년 가까이 노력했는데도 불가능했던 거니까 거의 불가항력이라고 봐야 한다. 그러니까 결국 '기억이 사라지는 포인트'를 알아봤자 달라질 건 없다. 기억을 어떻게든 다시 되돌리는 데 성공할 길이 없으니까.

만취했다가 정신을 차려 보니 전혀 모르는 집에 있다거나 모르는 사람과 같이 있다거나 하는 일은, 술을 마시지 않는 사람이나 술을 마셔도 기억을 잃지 않는 사람에게는 소설처럼 상당히 현실감 없는 일이겠지만, 나 같은 사람에게는 극히 자주 일어나는 일이다. 20대 때에는 그런 일이 정말 허다했다. 모르는 동네, 모르는 집, 모르는 사람. 별문제는 생기지 않았지만 동네는 그렇다 치고, 모르는 집이나 모르는 사람이라니! 나중에 생각해 보면 두고두고 굉장히 무서운 일이다. 때문에 나는 서른 살을 넘기면서 이제는 적어도 그런 일은 일어나지 않게 해야겠다고 다짐하고 또 다짐했다.

잃어버린 것도 많다. 신뢰나 우정을 잃는 경우도 있을지 모르겠지만 내 주위에는 관용이 넘치는 너그러운 사람들이 많아서 그런지, 그런 일로 마음이 상했다고 고백받은 적은 한 번도 없다. 나에 대한 신용이나 우정을 잃은 사람은 아마 몰래 나를 멀리하다가 잠자코 멀어져 갔겠지.

그러니까 여기서 잃어버린 것이란, 확실하게 말하면 물건들이다. 담배를 피웠을 때에는 라이터, 우산은 너무 많이 잃어버려서 그것이 내 것이란 의식이 없을 정도다. 그런 이유로 비싼 라이터나 우산은 아예 사지 않게 되었다. 대신 1백 엔짜리 라이터나 비닐우산 등 전 세계적으로 누구나 사용하는 물건을 애용한다.

그다음으로 잘 잃어버리는 건 파우치나 모자, 그리고 머플러. 술을 마시다가 좋아하던 겨울 모자를 잃어버리고는 다음 해에 똑같은 것을 샀는데 또 잃어버리고, 그 사실조차 잊고 지내다가 다음 해가 되어서야 잃어버렸다는 걸 깨닫고는 또다시 똑같은 것을 산 적이 있다. 그런 일들 중에서 가장 충격적이었던 것은 재킷이었다. 머플러를 잃어버리고 또 잃어버린 걸 잊는 건 그래도 이해할 수 있지만, 재킷 정도는 잃어버리면 바로 눈치채야 하는 것 아닌가.

하지만 역시 가장 수수께끼였던 건 청바지가 없어졌을 때였다. 설마 정신을 차려 보니 입고 있던 청바지가 사라지고 하체에 아무것도 걸치고 있지 않았다는 무시

무시한 이야기는 아니다. 그냥 한동안 옷장에서 보이지 않고 온 집을 뒤져도 나오지 않는 바람에 잃어버렸다는 사실을 알게 된 경우다. 하지만 집 안 어디에서도 발견되지 않는다면 밖에 있다는 얘기고, 밖에서 잃어버렸다는 건, 즉 술을 마실 때 말고는 있을 수 없는 일이다. 하지만 청바지를 벗고 어떻게 집에 돌아온 걸까? 생각에 생각을 거듭한 결과, 내가 내놓은 희망적인 결론은 이런 거다. 백화점에서 바지를 구입한 후에 술을 마시다가 한창 취했을 때 새로 산 바지를 당장 입어 보고 싶어졌다. 그래서 화장실에서 갈아입고 상표를 뗀 다음, 벗은 청바지를 그 자리에 놓고 온 것이다. 만일 그렇다면 하의를 안 입은 채 집에 돌아오는 추태는 부리지 않았다는 얘기로 정리될 수 있다.

이런 경우 잃어버린 장소를 대충 예상할 수 있다면 술집, 택시 회사, 철도 사무소 등에 문의를 해 볼 수도 있지만, 문제는 전혀 알 수가 없다는 데에 있다. 정말로 전혀 짐작도 할 수가 없다. 그래서 포기한다. 자업자득이란 말은 바로 이런 때 쓰라고 있는 말이다.

하지만 잃어버린 물건 중에는 결코 포기할 수 없는 종류의 물건도 있는 법이다. 보험증이 들어 있는 카드 케이스, 신용카드가 들어 있는 지갑, 휴대전화. 요 세 가지는 없어졌다는 걸 알게 되는 순간 격하게 기분이 다운되어 버리는, 이른바 '3대 신기(神器)'다.

어디엔가 지갑을 떨어뜨려서 현금카드, 신용카드를 포함한 카드 전체를 급하게 정지시킨 적이 있다. 하지만 함께 술을 마신 사람의 놀라운 기억력 덕분에 바로 술집에서 발견하여 의외로 빨리 되찾았다. 이제 카드를 다시 사용해야 하니까 카드 회사에 연락을 했는데, 이런! 일단 사용이 정지된 카드를 다시 사용하려면 엄청나게 성가신 절차와 시간이 걸린다는 걸 알게 되었다. 게다가 신용카드는 비밀번호를 바꾸지 않으면 안 되고, 예전부터 사용했던 번호로 등록되어 있던 것들을 몽땅 다 변경해야 한다는 놀라운 사실. 나는 단지 술 마시다가 지갑을 잃어버린 것뿐이거늘, 어떻게 이런 말도 안 되는 불합리한 노동이 요구되는 건지.

카드 케이스를 잃어버렸을 때에는 경찰서에 분실 신고를 했었다. 들어 있던 것은 교통카드, 보험증, 구청에서 발행한 인감카드, 문예가협회와 펜클럽 회원증 등. 그런데 이게 좀처럼 되돌아오지 않는 거다. 보험증으로 뭔가 하지 말아 줬으면 하고 바라는 수밖에. 그런데 2주일 정도 지난 어느 날, '경찰서 유실물 센터'라는 곳에서 접수 번호가 쓰인 엽서가 날아왔다. 거기에서 보관하고 있다고 한다. 가지러 가 보니 교통카드도 사용한 흔적이 없고, 보험증과 회원증도 그대로 얌전히 꽂혀 있었다. 도심의 역구내에 떨어뜨린 것을 누군가가 주워 신고한 모양이다.

휴대전화도 잃어버리면 상당히 성가시다. 휴대전화를 음식점과 택시 안에서 잃어버린 적이 몇 번 있었는데, 그때 기억이 너무나 끔찍해서 술을 마실 때에는 휴대전화를 가방에서 꺼내는 것 자체에 금지령을 선포하고 스스로에게 지키도록 요구하고 있다. 하지만 그 사실마저도 잊고 꺼내 버릴 경우에는 어쩔 도리가 없다.

도심 방면에서 술자리가 있었는데, 정신을 차려 보니 우리 집 맨션 앞에 서 있었던 적도 있다. 손에 들고 있던 건 반투명 비닐봉지 하나. '이게 뭐지?' 하고 생각하다가 내용물을 보니 고기가 들어 있다. 아아, 오늘 레스토랑에서 먹고 남은 고기를 싸 가지고 왔구나. 그건 기억이 나지만 가방이 없다. 고기밖에 없다. 가방이 없으면 지갑도 없고 휴대전화도 없고 열쇠도 없는 거다. 다시 반복하지만, 고기밖에 없다. 순간 갑자기 술이 확 깨 버렸다.

제발 남편이 돌아와 있기를 간절히 바라면서 공동 현관의 인터폰 벨을 누른다. 응답 없음. 벌써 잠들었으면 어쩌지. 몇 번 다시 눌러 보지만 역시 반응 없음. 어쩔 수 없이 나는 현관 밖 화단 한구석에 쭈그리고 앉아 남편의 귀가를 기다린다. 한 시간 정도 후에 남편이 돌아왔고, 화단 한구석에서 고기 봉지만 손에 들고 갑자기 튀어나오는 나를 보고 놀라면서도 여기저기 전화를 걸어 가방을 찾아 주었다. 가방은 택시 회사에 보관되어 있었다는 걸 다음 날이 되어서야 겨우 알았다. 내가 잃어버렸던 카드 케이스, 지갑, 가방 속에서 돈도 카드도 보험증도 무엇 하나 없어지지 않고 무사히 돌아왔다는 게 또 대단하다. 이 3대 신기를 잃어버릴 때마다 나는 크게 낙담하여 무리라는 걸 알면서도 또다시 '술을 줄여야지' 하고 다짐한다. 하지만 지금도 잃어버리는 것은 마찬가지이고, 또 그것들은 항상 없어지지 않고 무사히 돌아온다. 이쯤 되면 작은 기적이라고 말해도 좋으리라.

하지만 기억을 절대 잃어버리지 않는 술도 있다. 내 경우에는 외국에서 혼자 마시는 술이 그렇다.

외국을 혼자서 여행할 때도 나는 매일 술을 마신다. 술을 마실 수 있는 가게가 없으면 포장마차를 찾는다. 주민들 중 경건한 이슬람교도가 많은 인도의 옹골이라는 곳에서는 여자는 술집 출입은 물론, 술을 사는 것조차 허용되지 않는다. 그때는 호텔 직원에게 사 달라고 부탁을 한다. 몽골의 대평원에는 포장마차나 술집은 없지만 큰길 가장자리에 마유주(馬乳酒)를 파는 상인이 쭈그리고 앉아 있다.

여행지에서 혼자 마시는 술은 울적한 기분을 달래기 위한 것이 아니다. 그 장소와 친근해지기 위한 수단이다. 혼자서 마시긴 하지만 실상 다른 사람과 마주하기 위해 먹는 술에 가깝다. 그 장소와 마주하고 관계를 맺고 싶어서 마시는 거니까.

하지만 절대 지나치게 마시지 않는다! 이것은 혼자 여행을 하기 시작한 20년 전부터 강하게 마음으로 다짐해 놓은 것이다.

홀로 모르는 동네에서 기억을 잃어버릴 정도로 마신다면, 그거야말로 장난이 아니다. 돌이킬 수 없는 일이 벌어질 수도 있다. '모르는 마을, 모르는 집, 모르는 사람'이라는 두려움은 도쿄에 비할 바가 아니다. 게다가 지갑이나 소지품 등 원래 있었던 것들이 그대로 돌아오는 기적은 결코 일어나지 않는다고 보는 게 옳다. 그러니까 절대 기억을 잃어서는 안 된다. 그 장소를 여행지로 선택한 것과 술을 마신 것 자체를 후회하게 되는 다음 날은 절대로 맞고 싶지 않으니까.

그래서 외국에서의 밤은 잘 기억한다. 어떤 바였는지, 이야기를 나눈 상대가 어떤 사람이었는지, 마신 술이 무엇이었는지, 하늘은 얼마나 어두웠는지, 호텔로 돌아오는 길은 어땠는지, 뭐든지 자세하게 다.

요즘은 이런 생각이 든다. 사람은 인생의 3분의 1을 자는 것으로 시간을 보낸다고 한다. 그렇게 하루에 몇 시간 정도를 기억하지 못한다는 얘긴데, 그럼 나는 하루에 3분의 2 정도의 시간을 수면과 만취로 잃어버린다는 얘기가 아닌가. 3분의 1은 술 때문에 기억을 잃어버리니까.

아무리 열심히 이야기를 나눴다 해도 그게 만취 후에 일어난 일이라면 대부분 잊어버리기 때문에 똑같은 이야기나 똑같은 질문을 몇 번씩이나 하게 된다. 내 친구들은 모두 이런 내 행태를 너그럽게 용서해 주지만, 한 번은 친구가 진지하게 "가끔은 너한테 이야기한 시간이 존재하지 않는 것 같은 기분이 들어서 쓸쓸해"라고 (비꼬는 게 아니라 진심으로) 얘기를 한 적이 있었다. 아닌 게 아니라 정말 그렇겠구나, 하고 절실히 생각했다.

이야기를 아무리 나눠도 계속 똑같은 순간으로 돌아가 버린다는 것. 처음 만나는 사람과 신 나게 이야기하고 친해져 놓고는 친해진 그 순간을 기억하지 못하는 바람에, 다음에 만나면 다시 어색해질 때도 있다. 그럴 때는 바둑을 잘 두다가 거의 다 이겼을 때 한 수 물러 주는 것 같은 기분이 든다. 다른 사람보다 확실히 손해를 보고 있는 것이다. 하지만 어쩔 수 없다. 그래도 술은 필요하니까.

혼돈에 빠져 '기억나지 않는' 몇몇 만취의 시간을 떠올리려고 노력하다 보면, 기억나지 않기 때문에 아무 일 없이 행복한 마음으로 편안히 지낼 수 있다는 생각이 들기도 한다.

그러니까 흠, 일단은 내가 술을 잘 마시는 성인이라서 참 다행이라는 것으로 결론을 맺어 볼까 한다.

염혜은

'와! 이런 책이 있었네?' 처음 이 책을 접하고 든 생각이다. 그리고 연이어 든 생각은 '그런데 왜 이제까지 이런 책이 없었지?'

그만큼 신선했고, 그만큼 친근했다. 그리고 읽어 보니 딱 그만큼 재미있다!

생각해 보면 술은 늘 우리 곁에 존재하고, 그만큼 말썽도 자주 일으킨다. 때문에 다른 어떤 것보다 다루기 예민한 소재일 수도 있다. 항상 얘기하는 것 같지만 실은 이야기한 적이 없는, 다 알고 있다고 생각했지만 실은 오해하고 있었던 무엇이라고나 할까. 술의 이런 복잡한 성격을 고스란히 안고 시작하는 이야기라 그런지,

읽는 내내 짜릿하고 흥미진진했다.
이 책은 예술계에 종사하는 일본 여성 열한 명이 가볍게(혹은 진지하게) 털어놓는 술에 관한 고백이자 수다를 모아 놓은 책이다. 때로는 술에 관한 가치관이 묵직하게 들어 있기도 하지만, 대부분 술에 관한 단순한 잡담이나 술에 관련된 크고 작은 사건사고들이 경쾌하게 그려져 있다. 그리고 다들 '술'이라는 타이틀을 달고서 저마다 다른 목소리로 자신의 인생에 대해 이야기한다. '술'이라는 필터를 통해 지극히 사적인 방식으로…….
그런 의미에서 우리는 어쩌면 타인의 가장 깊숙한 인생의 한 단면을 엿보고 있는 걸지도 모르겠다.
우리의 삶 전체를 아우르는 의식주 전반의 문화 카테고리 안에서, 가장 사적이면서도 공적이고 또 가장 얕아 보이면서도 실은 가장 은밀하고 깊은 세계가 바로 '술'이라는 분야가 아닌가 싶다. 그러니까 사람들은 그렇게까지 술에 대해 이야기하고 경험하고 또 비판하면서도 빠져드는 거겠지.
나이는 20대에서 50대까지 다양하지만, 비교적 자유롭고 창조적인 직업을 가진 그녀들은 하나같이 자유로운 영혼을 지녔다. 때문에 이 책 속에서 술이라는 '문화'와 '취향'과 '습관'은 날개를 달고 이곳저곳으로 자유롭게 날아다닌다. 저 멀리 하늘 위로 날아갈 때는 한없이 짜릿하고 몽롱하다가도, 갑자기 방향을 잃고 곤두박질칠 때에는 순식간에 인생의 모든 걱정이 온전히 내 머릿속으로 날아들기도 한다. 아주 드라마틱하면서도 적나라하다.

나는 술을 잘하는 편이 아니다. 단적으로 말하면 종류를 불문하고 술을 단 한 잔만 마셔도 얼굴이 새빨개지는 체질이다. 흔히들 알코올 분해 효소가 없다고 말하는 그런 체질. 하지만 술을 싫어하지는 않는다. 실은 아주 좋아한다고 말하고 싶지만 소주 한잔, 맥주 500cc 정도의 주량을 가진 내가 술을 좋아한다고 말하면 다들 웃을 게 뻔하기에, 보통은 그렇게 말하지 않는다. (이 책 어딘가에도 나오듯이) 누구나 다 하는 말로 대신한다. "술은 잘 못하지만, 술자리는 좋아합니다."

음식을 많이 먹지는 않지만 '먹는 것'을 좋아하는 사람은 많다. 나도 마찬가지다. 많이 마시진 못하지만 좋아한다. 하지만 좀 더 솔직히 말하면, 나는 술을 좋아하기 때문에 많이 마시고 싶기도 하다. 많이 마셔서 술에게 좀 더 확실하게 애정을 표현하고 싶다. 그런데 그게 불가능하니 너무 속상하다. 오죽하면 내 입버릇이 '다음 생에는 반드시 술을 잘 마시는 사람으로 태어나겠다'는 것일까.

이 책을 읽으면서 내 안에 모순되게 존재하는 '술'에 대한 감정과, 또 그런 '술'과 관련된 사람들과의 온갖 복잡다단한 감정들이 되살아났다가 사라지는 걸 경험했다. 내 마음만 복잡한 게 아니구나, 나만 꿈속에서 헤매는 게 아니구나, 나만 실수하며 사는 게 아니구나, 사람의 감정이란 건 원래 이다지도 모순된 거였구나. 새삼 깨닫고 나니 산뜻해졌다. 가벼워졌다.

무언가 어려운 이야기를 해야 할 때 우리는 흔히 '술의 힘'을 빌린다.

어쩌면 '술'을 마신다는 건 '감정'을 부딪친다는 말일지도 모르겠다.

그러니까 이 책은 결국 우리의 감정에 대한 이야기다.

자기 감정의 주인이 되고 싶은 모든 분들에게 이 매력적인 취중만담을 추천한다.

염혜은

취중만담

지은이 아사쿠라 가스미, 나카지마 다이코, 다키나미 유카리, 히라마쓰 요코,
무로이 시게루, 나카노 미도리, 니시 가나코, 야마자키 나오코라,
미우라 시온, 다이도 다마키, 가쿠타 미쓰요
옮긴이 염혜은
그린이 이나영 étoffe

1판 1쇄 펴낸날 2014년 8월 8일

펴낸이 이영혜
펴낸곳 디자인하우스
서울시 중구 동호로 310 태광빌딩 (우편번호 100-855 중앙우체국 사서함 2532)
대표전화 (02) 2275-6151
영업부직통 (02) 2263-6900
팩시밀리 (02) 2275-7884, 7885
홈페이지 www.designhouse.co.kr
등록 1977년 8월 19일, 제2-208호

편집장 김은주
편집팀 박은경, 이소영
디자인팀 김희정, 김지혜
마케팅팀 도경의
영업부 김용균, 오혜란, 고은영
제작부 이성훈, 민나영, 박상민

출력 · 인쇄 신흥 P&P

ISBN 978-89-7041-627-4

값 13,000원